LA DERNIÈRE ÉPOUSÉE D'AMMON

LA DERNIÈRE ÉPOUSÉE D'AMMON

DIXIÈME ÉDITION

IL A
ÉTÉ TIRÉ DE
CET OUVRAGE
CINQ CENTS
EXEMPLAIRES
NUMÉROTÉS
SUR PAPIER
JAPON.

LA MINIATURE ET LA DÉCORATION DE CET OUVRAGE ONT ÉTÉ
EXÉCUTÉES PAR PAUL ZENKER

LÉON BARRY

LA DERNIÈRE ÉPOUSÉE D'AMMON

L'ÉDITION D'ART
H. PIAZZA, 19, RUE BONAPARTE, PARIS

A GUSTAVE LEFEBVRE

Ne croyez pas que je sois venu apporter la paix sur la terre; je ne suis pas venu apporter la paix, mais l'épée.

MATTHIEU ; X, 34.

PROLOGUE

Le petit village de Tehneh-el-Gabel est peu connu des touristes qui, de novembre à mars, remontent et descendent impitoyablement la vallée du Nil. Les lourds vapeurs de la Compagnie Thomas Cook & Son passent devant ses pauvres quais de boue en sifflant avec dédain. C'est à peine si, deux ou trois fois dans l'année, une de ces gracieuses dahabyehs qui bercent le désœuvrement d'un millionnaire ou la curiosité paresseuse d'un artiste vient, en reployant ses grandes ailes, s'y reposer quelques heures à l'ombre des palmiers. Le Bædeker cependant ne laisse pas ignorer à ses lecteurs que les collines de décombres rougeâtres visibles au sud de Tehneh enferment, suivant toute vraisemblance, les restes de l'ancienne Achôris. Ce qu'il ne dit point, c'est le charme imprévu et attendrissant de ce petit village, c'est le merveilleux horizon que l'on peut admirer au sommet de ces ruines.

Je demeurai tout un hiver entre la ville morte et le pauvre hameau, au seuil du désert immense. A vivre très loin du monde civilisé, sous l'abri fragile et romanesque des tentes, on perd bientôt le souci du présent qui s'écoule. La nuit, lorsque le vent furieux m'arrachait au sommeil ou que la clarté silencieuse de la lune veillait à mon chevet, je m'imaginais parfois que la cité de jadis, ayant rejeté son linceul sordide et haussant encore au-dessus de la plaine sa tête orgueilleuse, attendait, pour s'agiter et bruire joyeusement, les premiers appels de l'aurore...

Et c'est ainsi qu'à Tehneh-el-Gabel, où je cherchais des papyrus et des inscriptions, je découvris l'histoire de Diyllis, fille d'Argyros, habitant d'Achôris.

LE LIVRE D'AMMON

I

LA VILLA

N'EST-CE point fini, Tamina?

— C'est fini, maîtresse : j'ai disposé tes cheveux de façon qu'ils ne soient pas froissés par la corbeille. Et je la placerai moi-même sur ton front après que nous aurons franchi la porte du jardin.

— Il est temps de partir. Le soleil est sans doute très haut derrière la montagne. Allons!

Diyllis se leva en soupirant, et l'esclave écarta les tentures brodées qui masquaient l'entrée de la chambre.

Les deux jeunes filles sortirent. Derrière elles une suave odeur d'anis et de vanille flotta dans le demi-jour, les soies claires et les mousselines...

Ce matin-là, Diyllis avait résolu qu'elle irait au temple d'Ammon lui porter ses offrandes. Elle avait choisi une corbeille minutieusement tressée en forme de coupe avec les feuilles les plus fines des palmiers. Elle avait placé dans des bonbonnières de verre opalin deux rayons de miel très pur et ces confitures merveilleuses que l'on fait aux pays syriens en exprimant le suc des roses ou l'essence savoureuse de l'ambre. Puis, après avoir préparé des gâteaux de froment parfumés d'anis, elle avait achevé d'en garnir la corbeille qu'elle recouvrit enfin d'un voile de byssus.

Et c'étaient ces friandises délicates, assemblées pour Ammon, qui laissaient dans la chambre maintenant solitaire de Diyllis cette odeur exquise...

Les deux jeunes filles traversèrent l'atrium. Un grand velarium de soie orange l'abritait du ciel enflammé. Au centre de la cour, une vasque en porphyre sombre épanchait dans le bassin quadrangulaire des gouttes limpides qui tombaient avec un bruit de perles froissées. Un flamant apprivoisé se pavanait alentour, et le reflet de ses plumes roses tremblait parmi les ondulations légères de l'eau. Un gros frelon bleu fourvoyé se heurtait contre les colonnes du péristyle et bourdonnait furieusement.

Quand elle eut franchi la porte de la villa, Diyllis fit une moue découragée.

— Ammon est impitoyable, dit-elle. Tamina, je serai morte avant d'arriver au temple.

L'esclave se récria aussitôt :

— Très chère Diyllis, prends garde d'irriter les dieux! Je redoute pour toi leur colère. Ammon t'a ordonné d'aller vers lui; il veut écarter les malheurs qui déjà t'environnent. Mais, si tu hésites à implorer sa protection, son dépit ne manquera point de t'accabler.

Le beau visage encore un peu enfantin de Diyllis se contracta, et l'angoisse de son âme troubla la candeur de ses yeux. Elle se souvint des présages funestes qui, depuis la dernière lune, apparaissaient à chacun de ses pas. Quand elle sortait dans le jardin ou dans les vergers, les corneilles à manteau gris s'abattaient autour d'elle et sautillaient en croassant d'un air irrité. Quand elle allait au bord du fleuve, les crocodiles demeuraient inertes en travers du courant et fixaient sur elle leurs yeux troubles, luisants de convoitise. Elle découvrait des scorpions sous les pierres, des lézards gris dans le sable, d'énormes araignées jaunes, des nids de cloporte, des couleuvres. Le scarabée de turquoise qui reposait au milieu de sa poitrine pâlissait de jour en jour. Et Diyllis, jusqu'alors insouciante, naïvement heurcusc, était obsédée par l'effroi de l'Invisible.

Elle avait consulté le prophète du temple, l'homme qui vivait dans l'intimité des dieux et transmettait aux hommes leurs volontés. Il avait répondu que le tout-puissant, l'éclatant Ammon prendrait la défense de la jeune fille. Mais il fallait qu'elle vînt, seule et les mains pleines d'offrandes, implorer son appui.

Elle avait hésité quelques jours. Car on était alors à la fin du mois de *mésori*. La terre et le ciel semblaient exhaler des vapeurs de fournaise. Le chemin était long entre la fraîche villa de la plaine et le temple dressé au faîte lumineux de la colline. Et Diyllis, choyée depuis l'enfance, était un peu frêle et craintive.

Mais, cette dernière nuit, elle avait

vu en rêve la figure menaçante d'Ammon. Éveillée par la terreur et toute tremblante encore, elle avait promis au dieu de monter vers son temple dès les premières heures du jour.

Les remontrances de Tamina excitèrent en elle de nouvelles forces. Elle se redressa, et, d'un pas rapide, pénétra dans ce jardin magnifique où naguère ses plus beaux songes s'étaient épanouis. Le sable rouge des allées, apporté des carrières d'Abyssinie, léger et doux comme le pollen des fleurs, gardait à peine la trace de ses sandales. Elle passait, et les hibiscus écarlates flamboyaient au cœur des buissons, les balisiers dilataient leurs corolles de safran et de pourpre, de petites fleurs, innombrables, apparaissaient dans le gazon comme des taches d'azur. Au-dessus de sa tête, les mimosas, les cytises, les cédrats, les poivriers, unissant leurs fleurs, leurs fruits et leurs feuillages, formaient une voûte riche de couleurs et de parfums. Une allée de cyprès, rigide et sombre, s'élevait, parmi cette joie, comme un hymne mélancolique. Au bord d'une pelouse, un grand cèdre solitaire étendait ses branches lassées.

Mais Diyllis allait presque sans rien voir, les yeux mi-clos, l'âme lointaine et douloureuse...

Un brusque tumulte d'ailes et de feuilles secouées la fit tressaillir. C'étaient des colombes familières, assoupies par la chaleur, et que son approche avait éveillées. Elles vinrent, une à une, s'abattre à ses pieds, et elles marchaient, menues et graves, étirant parfois leurs ailes aussi blanches que des fleurs de magnolia. Deux d'entre elles, les plus gracieuses et les plus aimées, se posèrent sur les bras nus de Diyllis, et, penchant de côté leur tête fine aux yeux de rubis, regardèrent curieusement leur maîtresse. Une pensée cruelle parut alors traverser le front de la jeune fille : ses yeux se mouillèrent de larmes. Elle s'arrêta un moment, puis, d'un geste très doux, prit dans ses mains les deux colombes. Accoutumées à de telles caresses, elles se blottissaient avec un roucoulement voluptueux. Mais une inquiétude soudaine les agita quand Diyllis, tirant de ses doigts effilés la plus large de ses bagues, joignit en faisceau leurs pattes roses et, délicatement, les fit glisser dans l'anneau d'or. Elles se serrèrent alors, toutes frémissantes, contre sa poitrine, pendant que le reste de l'essaim se dispersait effarouché dans le feuillage.

Un pylône à corniche, incliné et peint à la manière égyptienne, fermait le jardin du côté de l'occident. Au delà, c'était la vaste plaine sans ombre. Tamina, qui marchait quelques pas en arrière, vint pousser les verrous épais de la porte, et les lourds battants tournèrent en gémissant sur leurs gonds de bronze. L'air embrasé se rua par cette bouche entr'ouverte.

Diyllis demeurait immobile, raidie contre la souffrance. Devant elle, la lumière aveuglante confondait la terre et le ciel. Elle sentait comme une chape pesante brûler ses épaules à travers la tunique de lin. Les colombes affolées frappaient sa poitrine de leurs ailes étincelantes.

L'immense étendue gisait poussiéreuse et stérile. Un halètement d'angoisse semblait monter dans le silence farouche de la terre. L'herbe des champs avait disparu, desséchée jusqu'à la racine. Les sycomores poudreux étaient pareils à de grands arbres de pierre. Çà et là, un maigre bouquet de palmes livides se hérissait misérablement à la cime des dattiers. Les puits étaient taris. On n'entendait plus crier la voix de leurs roues, et les vergues dressées des chadoufs avaient l'air de défier le ciel impitoyable.

Seuls, les jardins d'Argyros conservaient encore l'éclat de leurs verdures, à cause du labeur incessant des esclaves qui apportaient l'eau du fleuve dans des outres de cuir. Parée de ses atours frais et magnifiques, couronnée ainsi que d'un diadème par sa corniche aux raies de safran, d'azur et d'écarlate, la villa souriait en face de la plaine tragique, comme une courtisane insolente et heureuse parmi la désolation de tout un peuple.

Un esclave passa, portant une outre pleine. Il était presque nu. Sur ses os décharnés sa peau se collait, sèche et ridée comme celle des momies séculaires. Courbée par le poids du fardeau, sa tête venait presque toucher à ses genoux fléchis. Il levait avec effort ses paupières saignantes; une sorte de lichen blanchâtre s'étendait sur sa face, et la sueur ruisselait sur son front chauve. En voyant la jeune fille, il se détourna, honteux de sa laideur.

Elle le regardait avec étonnement :

— Que fais-tu? dit-elle.

L'esclave essuyait du revers de sa main la sanie de ses yeux.

— Il apporte l'eau du fleuve pour les étangs, dit Tamina. Va-t'en, poursuivit-elle, car tu es aussi laid qu'une hyène et ton outre sent plus mauvais qu'un troupeau de boucs.

D'une secousse, l'esclave remonta sa charge pesante. Il allait péniblement reprendre son chemin. Mais Diyllis l'arrêta :

— Jette ton outre, cria-t-elle, et va dans ta demeure.

Le vieillard ne bougea point.

— Va laver ton visage et dormir, ajouta Diyllis.

Et se tournant vers Tamina :

— Que personne ne l'inquiète! dit-elle.

L'esclave restait toujours là, stupide, les yeux clignotants. Mais entre les paupières de celle qui lui parlait il vit des larmes briller. Alors seulement il parut comprendre. Lentement, il plia ses pauvres genoux raidis, les posa sur le sol brûlant, fit choir avec précaution l'outre gonflée et tremblante, puis souleva ses mains vers le ciel :

— Que la bonté du Sauveur descende sur toi! dit-il.

Mais Diyllis n'entendit pas. D'un geste résolu, elle s'était inclinée vers Tamina, qui avait placé sur le front de sa maîtresse la corbeille d'offrandes. Et, seule, elle était partie, à travers l'espace torride, vers la colline qui se dressait là-bas, éblouissante.

II

LES MOINES

En ce temps-là, de saintes colères s'amoncelaient et grondaient autour de la riche villa et du temple païen.

Argyros, le père de Diyllis, comme la plupart des grands propriétaires qui exploitaient alors la province égyptienne, était de race grecque. Ses ancêtres, émigrés à la suite des conquérants macédoniens, après s'être attachés à une parcelle de la terre des Pharaons, avaient peu à peu, grâce à leur prévoyance ou à leur rapacité, centuplé ce domaine. Maintenant le dernier de leurs fils possédait tous les champs qui s'étendaient sur plusieurs lieues à l'entour d'Achôris; il avait droit de pêche et de péage sur le fleuve; tous les fours, les moulins et les pressoirs lui appartenaient; tous les paysans de la plaine étaient ses fermiers, ses laboureurs ou ses esclaves.

C'était un homme avare et dur, jaloux de sa toute-puissance. Il voyait avec colère la doctrine des Galiléens se répandre le long des rivages du Nil et le front des humbles s'illuminer d'espoir. Il était persuadé que ces ignorants et ces misérables ne rêvaient qu'à se distribuer ses richesses. Et voici qu'ils devenaient plus nombreux et plus hardis chaque jour. Le nouvel empereur, disciple du Christ, allait, proclamaient-ils, assurer leur triomphe. Il est vrai que les trésors d'Argyros lui permettaient de dédaigner ce monarque lointain et ses ministres pusillanimes ou corrompus. Il se raillait de leurs décrets, entretenait par ses largesses le temple d'Ammon, favorisait les fidèles de l'ancien culte et persécutait cyniquement les chrétiens. Il les harcelait d'avanies incessantes, faisait peser sur eux les taxes et les corvées, doublait le fermage de leurs champs. Il avait imaginé de placer une idole obscène à l'entrée de ses fours, et ceux qui ne voulaient pas l'adorer devaient retourner dans leur demeure et cuire leur farine sous la cendre amère...

Mais un jour les moines étaient venus du Sud, envoyés, disaient-ils, par leur père très saint, le vénérable Apa Bésa, pour que la cité d'Achôris fût délivrée des griffes de Satan.

Ils s'étaient bâti, à deux lieues au nord de la ville, sur la falaise abrupte, haute de soixante coudées, et dont les pieds noircis baignent dans le fleuve, un repaire dissimulé et inaccessible comme un nid de vautours. Les murs bas se confondaient avec la roche qui les portait. On ne voyait aucun sentier aller de la plaine vers le monastère. De temps à autre, une barque se coulait contre la falaise; un cri étrange, prolongé, traversait soudain l'étendue morne, puis le silence retombait, puis quelque chose s'agitait là-haut sur la crête; un câble pareil à une énorme couleuvre glissait sans bruit au-dessus des rameurs; puis un homme, enlevé comme une proie, montait lentement vers la retraite invisible. Du côté du désert, dont les ondulations légères fuyaient jusqu'à l'horizon, il y avait, autour du couvent, une muraille épaisse de huit coudées, munie de larges et hautes assises, percée de fines meurtrières, impénétrable et menaçante.

Hardis comme des loups, traînant sans repos dans leurs flancs amaigris la faim et la soif de l'œuvre divine, les moines descendaient, à chaque aurore, dans la vallée. Ils suivaient la lisière des champs, interrogeaient les laboureurs qui passaient à portée de leur voix, s'arrêtaient, aux heures de la sieste, sous les toits de feuillage des norias, et, le soir, quand, à la mort de la lumière, les rêves tristes alanguissent encore les membres lassés, ils s'asseyaient au seuil des huttes étroites et peuplaient l'horizon d'espérances infinies. Souvent, lorsqu'ils avaient cessé de parler, un jeune paysan abaissait un moment ses paupières qu'il avait tenues dilatées et rigides, puis se levait, écartait doucement les femmes inquiètes, et, sans se retourner, marchait auprès du maître. Quelques mois après, on le revoyait, vêtu de laine brune, la face jaunie et ravinée, les prunelles brillantes au creux des orbites sombres. A son tour, il allait, appuyé sur une nervure de palme, les reins enfermés dans une ceinture de fer, les lèvres débordantes de paroles consolatrices ou menaçantes, l'âme avide d'âmes nouvelles.

Et tous, les anciens et les néophytes, excitaient le zèle taciturne des misérables :

« Ce temple, qui miroitait au sommet de la colline, n'était-il pas une insulte permanente lancée par le démon au visage de Dieu ? Ne feraient-ils point rentrer le blasphème dans la gorge du maudit ?... Et là-bas, au milieu de la plaine, où ils peinaient de l'aube à la nuit, cette villa orgueilleuse, embellie par leurs souffrances, n'était-elle point une demeure infâme qu'un grand vent d'indignation allait balayer et recouvrir de cendres ? Ne seraient-ils point les ouvriers de la vengeance divine ? N'étaient-ils point las de travailler et d'épargner pour un seul ? A cet homme impur, étranger à leur race, à ce superbe qui les traitait avec la rudesse et le mépris que le lion a pour les chacals, à cet impie qui dans l'ivresse de ses festins raillait les paroles nobles et consolantes de Jésus, voici qu'ils donnaient tout : leurs corps, leurs âmes et jusqu'à leurs enfants. Car ils n'engendraient que des esclaves! S'abreuveraient-ils jusqu'à leur dernier jour à cette coupe d'injustice?... Que craignaient-ils? Avaient-ils peur des idoles ou de leurs prêtres? Avaient-ils peur d'Argyros et des païens d'Achôris? Les idoles étaient insensibles et impuissantes. Devant leurs sanctuaires ouverts, les prêtres, convaincus d'imposture, tendraient vers les soldats du Christ leurs mains suppliantes. Les païens, déconcertés par une attaque soudaine, n'auraient pas même le temps de rallier leur petit nombre. La plupart des esclaves d'Argyros étaient chrétiens, les autres ne songeraient qu'à fuir un maître détesté. Craignaient-ils la colère de l'empereur? Mais l'immortel Théodose, serviteur fidèle du Dieu vivant, ne pourrait qu'approuver les vaillants destructeurs d'un culte aboli par ses lois. D'ailleurs, à toute aventure, ils trouveraient sur la montagne un asile inviolable. Qui redouteraient-ils derrière ces murailles que ni les Blemmyes affamés ni les Sarrasins impétueux n'avaient osé encore approcher? Enfin, qu'avaient-ils à perdre? Une existence misérable, pareille à celle des bêtes de labour. S'ils triomphaient, au contraire, ils se partageaient ces terres immenses. Tous seraient riches; chacun pourrait à sa guise user de ses richesses. Et si quelques-uns périssaient dans la lutte ils seraient les plus heureux : car, le sang répandu pour la gloire du Christ lavant toutes les souillures, leurs âmes fusssent-elles plus noires que celles des damnés, ils entreraient aussitôt dans le royaume de paix et de joie. »

Ainsi, les moines, impatients de transformer le monde suivant leur justice, harcelaient ces pauvres d'esprit assoupis par le labeur routinier et l'habitude de la souffrance. Peu à peu, cette masse inerte s'échauffa et tressaillit; les rancunes, les espérances refoulées depuis des siècles montèrent jusqu'au bord des consciences obscures et se répandirent ainsi qu'une lave ardente. Un grand soulèvement était proche, que présageaient de sourdes rumeurs, une agitation indécise, l'air assombri des visages.

III

DIYLLIS

LENTEMENT, mais sans se détourner ni s'arrêter jamais, Diyllis accomplissait son douloureux pèlerinage.

Elle avait, quelque temps, longé la base de la falaise, qui, semblable à une haute et blanche muraille, bornait la vallée du côté de l'Orient. Là, comme le soleil était encore éloigné du zénith, un peu d'ombre l'avait accueillie. Mais elle commençait maintenant à gravir les ruelles abruptes qui conduisaient au temple d'Achôris.

Elle montait, grande et svelte dans

la robe de lin dont les plis flottaient autour de ses genoux. Sa main gauche retenait contre son sein les colombes endormies ; — l'autre main effleurait la corbeille posée sur ses cheveux noirs, et la manche très large, retombant jusqu'à l'épaule, découvrait un bras éclatant que mordait le soleil. — Ses yeux s'abritaient entre les longues franges de ses paupières bleuies par le khôl; un peu de rose apparaissait sous la blancheur mate de ses joues; d'instant en instant, une goutte de sueur naissait près du ruban de pourpre qui ceignait son front.

Il lui semblait que toutes ses forces étaient anéanties et qu'une volonté étrangère la poussait. Des idées confuses irritaient sa lassitude. Elle apercevait devant elle toute sa vie, interminable et rude comme le sentier qu'elle foulait. Et la pensée qu'il faudrait aller ainsi, au hasard, jusqu'à la vieillesse, l'accablait de désespérance...

Puis elle revoyait le vieil esclave, hideux et haletant sous l'outre ruisselante. Et elle se demandait, alors qu'elle, jeune, riche et choyée, connaissait déjà la tristesse, quelle forêt de misères cet être lamentable avait dû parcourir. Elle avait pitié de lui et d'elle-même. Elle s'indignait contre les dieux; son âme fragile lançait de timides blasphèmes, mais aussitôt elle avait peur, comme si ces flèches minuscules allaient se retourner contre elle.

Car, sans avoir jamais bien réfléchi à la nature des dieux, elle ne doutait pas plus de leur existence que de la réalité des arbres et du ciel.

Sa mère était une Thessalienne de famille sacerdotale. Argyros l'avait épousée pendant une des excursions qu'il faisait de temps à autre pour assurer la vente de ses blés. Et Diyllis se souvenait encore de ces grands yeux bruns et humides comme des châtaignes fraîchement jaillies de leur coque épineuse, de ces grands yeux qui la regardaient si tristement. Et elle se souvenait aussi, malgré tant de jours écoulés, de ces mains longues et blanches, rosées au bout des doigts, qui lui caressaient les cheveux avec tant de douceur. On lui avait dit, un matin, que sa mère était partie pour un très grand voyage dans les pays de l'Occident, là-bas, où le ciel disparaît tous les soirs. Et Diyllis l'avait attendue des mois et des mois, jusqu'à ce qu'enfin elle eût compris qu'elle était morte...

Quand elle avait eu dix ans, son père avait amené dans la maison un homme très grand et très maigre, qui parlait d'une voix lente et grêle. Et Diyllis n'avait jamais pu décider d'une manière certaine s'il était vieux ou jeune, parce qu'il n'avait ni cheveux ni barbe et que ses yeux clairs brillaient toujours dans sa figure chiffonnée. Cet homme affectait à l'égard de l'opulent

Argyros une soumission dédaigneuse. C'était un esclave acheté sur le marché d'Antinopolis, mais il semblait porter sur son front et dans sa poitrine des richesses incomparables que le caprice d'aucun maître ne pouvait lui ravir. On le nommait Photios.

Il enseigna d'abord à Diyllis de petites choses fort ennuyeuses. Sur des tablettes de bois poli, unies par des cordons de cuir, il lui faisait écrire des suites fastidieuses de noms et de verbes, avec toutes les variétés de leurs formes et l'accent de leurs syllabes. Puis il lui dicta des vers d'Homère qu'elle devait ensuite réciter par cœur. Il y avait dans ces vers de vieux mots et de vieilles idées qu'elle ne comprenait pas. Il les lui expliquait avec patience, mais comme on répond aux enfants qui posent des questions embarrassantes, et il n'avait jamais l'air de bien croire à ce qu'il disait.

Plus tard, il lui avait raconté que

les premiers êtres vivants étaient nés en Éthiopie, sur les rives chaudes et fécondes du Nil, où ils germaient à la manière des fleurs. Au commencement, le soleil, l'air, la lumière, le feu, au lieu d'être, ainsi que maintenant, lointains et intangibles, revêtaient des formes humaines, se donnaient des noms gracieux ou terribles, parcouraient le monde, habitaient au milieu des hommes. Ils leur révélaient l'origine des choses, leur apprenaient le langage, l'écriture, les nombres, la science mystérieuse des lignes et des astres. Et, parfois, un mariage unissait les dieux et les hommes. Et tous étaient heureux; et personne ne mourait. Mais, après quelques générations, la méchanceté, pareille au serpent, se glissa sur la terre et mordit le cœur des héros. Ils combattirent les uns contre les autres et s'entre-tuèrent. Les dieux, qui répugnaient à l'odeur du sang et de la mort, remontèrent dans leurs demeures célestes. Depuis ce jour, les hommes vivent isolés, pâtissent et meurent. Quand leurs paupières sont fermées et leurs membres raidis, quand leurs corps enveloppés de toiles fines, scellés dans de beaux coffres peints, reposent au fond des tombes silencieuses, il ne leur reste plus qu'un souffle de vie, vague et frêle, qui erre tristement par les champs monotones de l'Amenthès. Seules quelques nobles âmes, vigoureuses et légères comme des éperviers, s'arrachent aux ténèbres du sépulcre et, s'élevant d'un vol jusqu'au soleil, partagent son immortelle destinée...

Il parlait ainsi, et parfois Diyllis l'écoutait de toutes ses forces, ouvrant ses grands yeux bruns emplis d'étonnement. Mais, le plus souvent, elle se moquait de son crâne nu ou de ses yeux jaunes et riait avec impertinence lorsqu'il essayait de la gronder. Un jour, même, elle s'était mise en colère à cause d'une réprimande un peu plus ferme que de coutume, et, pour satisfaire son caprice, Argyros avait fait cruellement châtier l'esclave toujours dédaigneux et souriant. Vaguement honteuse, elle n'avait plus voulu le revoir. Quelque temps après, on l'avait emmené hors de la villa, on l'avait vendu. Et Diyllis, qui avait aimé l'indulgence de son regard et la douce ironie de ses paroles, ne s'était jamais souvenue de lui sans un peu d'impatience et de remords.

Depuis qu'il était parti, elle n'avait pas eu de maître. Comme elle approchait de sa seizième année, son père l'avait conduite à Alexandrie, où elle était demeurée quatre mois. Elle avait pris part à des festins somptueux, à de merveilleuses fêtes. Elle avait vu les jeux de l'amphithéâtre, les luttes terribles des gladiateurs et les tragédiens aux masques retentissants. Elle avait assisté aux leçons d'Hypatia, la vierge philosophe, célébrée, en ces temps-là, comme un prodige. Et lorsque cette femme, dont le visage si pur était pâle et triste, dont les yeux étaient froids comme ceux des statues, était apparue dans sa robe blanche aux plis harmonieux et chastes, lorsque, au milieu du silence, sa voix était tombée, lente et lointaine, accompagnée de gestes un peu las, Diyllis avait cru voir et entendre une déesse. Et ces paroles étranges, dont la petite provinciale ne saisissait pas bien tout le sens, avaient fait naître en son âme la même mélancolie qu'elle avait déjà ressentie, un matin, après une nuit de fête et d'étourdissement, à voir, autour de la colline ténébreuse du Pœneste, une aube sereine grandir.

Ce fut à Alexandrie que, pour la première fois, elle entendit parler des chrétiens. Elle comprit que c'était une secte orgueilleuse et puissante, qui niait tous les dieux et s'efforçait de dominer l'empire. Mais, dans la société élégante et spirituelle où elle fréquentait, on les tournait en ridicule, à cause de leurs disputes incessantes et de la vulgarité de leurs doctrines. Et, lorsqu'elle sut qu'ils adoraient un Nazaréen séditieux que le proconsul de Galilée avait fait crucifier, elle ne chercha point à les connaître davantage.

Après ces quatre mois si vite écoulés, Diyllis était revenue dans la villa d'Achôris. Là, pendant de longs jours, un intolérable ennui avait pesé sur elle. Les amusements futiles, les sottes conversations de ses esclaves ne pouvaient plus la divertir. Elle ne voyait son père qu'à de rares intervalles. D'ailleurs, la tendresse rude et taciturne de cet homme affairé l'importunait un peu, et, souvent, elle évitait sa présence.

Elle s'était alors souvenue qu'elle avait rapporté de son voyage de beaux livres de papyrus, reliés entre des planchettes d'ébène. Elle en avait ouvert un, au hasard, et l'avait parcouru sans s'interrompre, comme une gazelle altérée épuise la flaque d'eau tiédie qu'elle vient d'apercevoir au creux d'un rocher. Puis, un à un, elle les avait tous lus...

Les heures fuyaient, insensibles. Allongée sur des coussins ou sur le gazon épais des pelouses, les deux coudes soutenant sa tête relevée, les yeux fixes, les lèvres entr'ouvertes, elle vivait une existence héroïque et merveilleuse.

A chaque volume, les mêmes aventures recommençaient, dans des lieux variés, et les mêmes personnages, désignés par des noms différents, vêtus d'autres costumes, y traversaient des épreuves semblables. C'était toujours des amants jeunes et beaux, qui, malgré les pirates, les brigands, les rois sensuels et les reines ardentes, malgré les longs éloignements et malgré les larmes qu'en se retrouvant ils mêlaient sur leurs visages, se conservaient fidèles et purs jusqu'aux fêtes nuptiales. A chaque infortune, Diyllis tremblait que leur constance ne vînt à succomber, mais elle la voyait toujours se redresser plus glorieuse. Et ces histoires surprenantes se passaient en des siècles très lointains, sous des monarques magnifiques.

A la vérité, c'étaient de bien pauvres livres, de longs romans écrits à la hâte, sans art ni sincérité, par quelque scribe besogneux. Mais, comme Diyllis jetait toute son âme sur ce tas de cendres où couvaient quelques étincelles, de grandes flammes en jaillissaient sans cesse. Et elle restait éblouie, sans deviner qu'elle seule faisait resplendir ce foyer misérable.

Elle était obsédée par le désir d'être aussi belle et noble que Leucippe ou Chariclée, de marcher comme elles, sans souillure, au milieu de l'admiration des hommes, d'affronter comme elles des aventures surhumaines et d'extraordinaires malheurs...

Mais parfois, quand venait l'accablement des soirs d'été, elle s'apercevait que son existence était toujours la même, monotone et vide. Le désespoir étreignait son cœur, car il lui semblait qu'elle était enchaînée loin de tout amour, loin de toute joie, par une fatalité impitoyable. Et, les yeux fixés sur l'horizon, elle attendait un libérateur inconnu...

Elle avait grandi parmi les servantes espiègles et bavardes d'Argyros, et, bien que son corps fût intact, elle n'ignorait point l'amour. Longtemps elle se l'était imaginé comme une émotion très douce, mais sans beaucoup plus d'importance qu'un autre jeu ou qu'une autre friandise. Maintenant, au contraire, elle ne pouvait y songer sans un peu d'effroi et de répugnance. Mais elle se figurait, d'après ses romans, des tendresses inépuisables, des larmes brûlantes et de chastes étreintes, où les corps semblent se dissoudre comme ces nuages embrasés où plonge le soleil couchant... Hélas! de telles ivresses lui seraient sans doute refusées à jamais. Bientôt son père la forcerait de s'unir à un homme qu'elle haïrait. Et, dans le lit nuptial, elle serait étendue, comme une victime, parmi ses rêves saccagés.

Pendant ce dernier mois, les présages funestes qui surgissaient autour d'elle l'avaient un peu distraite de sa mélancolie. Elle en avait même éprouvé une sorte d'allégresse. Dans la solitude de son âme, elle voyait arriver le malheur comme un hôte souriant. Mais, sans doute, une ombre glaciale le précédait, car elle s'effrayait davantage à mesure qu'il paraissait plus proche. Et voici qu'elle allait supplier les dieux de l'écarter bien loin de sa demeure...

Cependant, elle avait atteint la rue principale d'Achôris. Elle marchait dans l'ombre étroite qui bordait encore les maisons du côté de l'Orient. D'innombrables petites boutiques étaient pressées l'une contre l'autre, leurs auvents relevés à demi. Et c'était, tour à tour, l'odeur fauve des harnais et des cordages, l'odeur âcre des teintures, les senteurs étranges des épices et des parfums, le fade relent des boucheries. Des mouches bourdonnaient autour de son visage, heurtaient ses cils clignotants, se collaient à ses lèvres. Ses pieds, chaussés de sandales blanches, glissaient parfois sur une écorce de pastèque ou s'enfonçaient dans une banane trop mûre. Elle frôlait des mains calleuses, des haillons, des enfants nus roulés dans la poussière, les chevelures huileuses des femmes.

Autour d'elle, la foule grossissait rapidement. Des hommes sortaient des ruelles, l'air inquiet et courroucé; presque aussitôt, des groupes les environnaient, pleins de bouches haletantes et de gestes menaçants. Des auvents se fermèrent. Diyllis, que des pavés disjoints avaient fait chanceler, heurta une robe brune : elle ouvrit les paupières et vit, dans une face creuse, deux grands yeux chargés de haine, qui l'observaient fixement. Elle eut peur et se hâta.

Des troupes de paysans arrivaient sans cesse comme aux jours de marché. Mais ils n'avaient point apporté de provisions et ils demeuraient piétinant à la même place, avec des mines rigides et taciturnes. La plupart étaient armés de bâtons noueux. Quelques-uns avaient des haches, des marteaux ou la longue faucille qui sert à trancher les javelles...

La file des boutiques s'interrompit brusquement. Diyllis était parvenue au terme de son pèlerinage. Devant elle l'horizon s'ouvrit, inondé de lumière. Au-dessus de la voie sacrée, au-dessus du temple, le roc formidable d'Achôris, la tête de la ville, pareil au chef d'un sphinx colossal, emplissait le ciel bleu. En bas, vers l'Occident, la vallée immense s'étendait jusqu'au lointain vaporeux où transparaissait la ligne rose des sables. Et, allongé au milieu de la plaine, rougi par sa boue féconde, le grand fleuve nourricier, semblable à une coulée de pourpre, scintillait sous la caresse ardente du soleil.

Diyllis entra dans la voie sacrée. Elle gravit les larges dalles de calcaire, chaudes et rayonnantes, usées depuis des siècles par les pas des foules crédules. Étendus sur leurs piédestaux, des béliers et des crocodiles la considéraient avec une expression sournoise ou méprisante. Un sphinx très ancien, dont les orbites, effacées par le temps, étaient à peine visibles, avait l'air de dormir éternellement.

Quand elle fut au seuil de la cour qui précédait le temple, Diyllis s'arrêta. Une angoisse invincible, comme celle que l'on éprouve dans les songes, paralysait tous ses membres. Autour d'elle, les statues des dieux formaient une assemblée imposante et muette. Et les lourdes portes de l'hypostyle paraissaient closes sur un secret redoutable.

D'un angle de la cour, un être humain s'avança. Il avait le crâne rasé, le torse nu, et un pagne blanc s'évasait autour de ses genoux. C'était un serviteur du temple. Diyllis demanda le prophète. L'homme marcha devant elle et lui fit signe de le suivre...

IV

AMMON

Il alla vers la gauche et contourna la façade du temple. Une porte basse s'ouvrit, et Diyllis, anéantie par l'effroi, la fatigue et l'ardeur aveuglante du ciel, descendit dans une chambre à demi obscure, qui lui sembla d'abord noire comme un tombeau. Elle craignit que le soleil n'eût brûlé ses prunelles et elle tâtonna autour d'elle, désespérément. Partout, elle se heurta aux murailles. Son guide avait disparu.

Après quelques instants, elle put voir qu'elle était dans un vestibule carré, large de dix pieds à peine, où un peu de jour tombait par une étroite lucarne ménagée dans l'épaisseur de la voûte. Les murs étaient nus et des nattes sèches craquaient sur le sol. Il y avait une autre porte, en face de celle par où Diyllis venait d'entrer : la jeune fille entendit un bruit de pas légers, et cette porte vira doucement sur ses gonds...

Le prophète considérait Diyllis avec des yeux sévères. Une longue robe de lin, serrée à la ceinture, se gonflait, raidie d'empois, autour de son corps. Sa tête, étroite et osseuse, avait un crâne fuyant, arrondi démesurément au-dessus de la nuque et lisse comme de l'ivoire poli. Sa face glabre, aux narines contractées, aux lèvres minces, était sillonnée de plis durs et chagrins.

D'un geste timide, Diyllis tendit vers lui les deux colombes qui se débattaient de toute la vigueur de leurs ailes. Il fit tourner l'anneau d'or qui froissait leurs pattes saignantes et cligna les paupières pour mieux voir l'émeraude du chaton. Mais, lorsque la jeune fille lui présenta la corbeille odorante, il écarta un coin du voile et le laissa dédaigneusement retomber.

— Ce sont là d'assez pauvres offrandes pour Ammon le magnifique, dit-il d'une voix basse et lente.

Étonnée, Diyllis leva vers le prêtre des yeux mouillés de larmes.

— Je ne savais point, balbutia-t-elle. Je ne connais pas la valeur des choses. J'ai donné celles qui me semblaient les meilleures, parce que je les aimais le mieux.

Un souffle rapide agitait sa poitrine. Sous le tissu transparent de sa tunique, ses jeunes seins, petits et droits, se haussaient comme des fruits vivants. Elle baissait à demi les paupières, et, à travers ses longs cils humides, le velours sombre de ses iris luisait doucement. Le prophète reprit d'un ton moins grave :

— Ammon se plaît aussi aux hommages naïfs d'une âme pure. Pourquoi ne viens-tu jamais l'adorer dans son temple?

— Je viendrai, répondit-elle. Cela encore, je ne le savais point. Je croyais qu'un petit être insignifiant comme moi ne pouvait pas retenir sa pensée...

— Rien n'échappe aux regards d'Ammon! S'il a provoqué des menaces autour de toi, c'est afin de t'attirer vers lui. Il désirait que ta présence vînt le réjouir dans son sanctuaire. Suis-moi.

Il fit un pas vers la porte intérieure. Diyllis murmura :

— J'ai peur!

Il alla vers elle et lui prit la main. Elle ne résista plus.

Ils longèrent un couloir obscur, qui bientôt obliqua brusquement. Un instant, les ténèbres s'élargirent; un peu de lumière grise traversait un nuage d'encens. Ils tournèrent encore, et derechef l'ombre s'épaissit.

Diyllis respirait avec peine. Sa poitrine lui semblait lourde à soulever, comme si elle eût porté un collier de plomb. Le sang battait à ses tempes et elle sentait ses genoux fléchir. Mais la main froide et dure, fermée sur sa petite main, l'attirait toujours plus avant.

Enfin son guide s'arrêta. Autour d'eux, c'était la nuit insondable et le silence. Diyllis se demanda si elle n'était point descendue au cœur de la terre. Elle entendit soudain une voix qu'elle ne reconnut pas d'abord. C'était la voix du prophète, rauque et brisée comme si quelque étreinte invisible le serrait à la gorge.

— N'aie point de peur! disait-il. Je vais te conduire à la demeure même, à la demeure auguste du dieu. Nul autre que moi n'a, jusqu'à ce jour, franchi ce seuil formidable. Mais Ammon t'aime et te désire : il t'accueillera comme une fiancée. Ne tremble point : ses embrassements ne meurtrissent ni ne souillent. Puis tu seras à jamais son épouse favorite. Il écartera de tes pas les moindres écueils, et tu iras dans la vie, heureuse et triomphante.

Mais, au milieu des ténèbres, Diyllis frémissait ainsi que l'antilope quand rôde autour d'elle le lion affamé. Et, tout à coup, elle sentit une caresse légère frôler ses tempes et ses joues.

— Ton visage est mouillé de sueur, poursuivait le prophète ; ton corps délicat doit être accablé de lassitude. Il serait sacrilège de t'approcher ainsi du dieu très pur : viens !

Et, de nouveau, la main froide et dure serra les doigts craintifs...

Une porte glissa ; le prêtre s'inclina pour passer sous le linteau. Au delà, une lampe de bronze, portée par une haute tige dont la base disparaissait dans l'obscurité du sol, exhalait une flamme jaune et fumeuse. Et cette lumière semblait à Diyllis plus effroyable que la nuit.

Elle apercevait, disposés contre les murailles, une suite d'objets étranges : des vases de toutes formes, pansus comme des citrouilles ou effilés comme le calice des fleurs, des coupes, des patelles, de longs sceptres recourbés et des encensoirs pareils à des bras coupés. Un vaste coffre, enduit de résine, luisait dans un angle sombre. Le sol était à demi couvert par une vasque d'albâtre, dont la blancheur mate rayonnait faiblement.

Le prêtre choisit deux lourdes aiguières de granit noir, et, les pieds nus, franchit le bord de la vasque. Puis il ordonna à Diyllis de quitter ses sandales et de venir auprès de lui : elle obéit.

Elle se tenait à ses côtés, immobile, la tête baissée. Et ses mains croisées s'efforçaient de comprimer le tumulte de sa poitrine.

Les doigts du prêtre se posèrent sur ses épaules. Il enleva le collier de pierres et d'émaux où pendait le scarabée bleu, taillé dans une turquoise sans tache. Puis il dit, d'une voix brève :

— Dénoue ta ceinture. Je te vêtirai d'une robe nouvelle.

Elle serra plus fort les mains contre sa gorge. Il reprit :

— Pourquoi hésites-tu? Je suis le prophète du dieu très grand. Ma voix est celle de ses lèvres, et mes désirs sont les désirs de son cœur.

Et Diyllis, éperdue, obéit encore. Longtemps, ses ongles crissèrent impuissants sur le nœud de la ceinture, qui se déroula enfin et tomba comme une couleuvre morte. La tunique était amollie par la sueur : il fallut qu'elle la détachât lentement de sa chair frissonnante.

Lorsqu'elle se vit nue comme une enfant, elle eut un grand sanglot et se couvrit la figure de ses deux mains. Puis, brusquement, elle arracha le diadème de pourpre et le peigne d'ivoire qui retenaient ses cheveux. Et ils s'épanchèrent en ondes épaisses.

Mais une odeur exquise s'exhalait autour d'elle, pareille aux effluves d'un champ d'hyacinthes après la rosée du matin. Le prêtre avait brisé la cire et retiré les fibres de palmier qui bouchaient les aiguières. Il les souleva l'une après l'autre par la base, plaça contre l'orifice ses doigts entr'ouverts et fit pleuvoir sur le front de Diyllis l'eau parfumée.

Et l'onde ruisselait douce et tiède le long du visage, caressait les épaules lasses, s'épanouissait autour de la gorge haletante et, glissant, rapide, sur les frêles ondulations des hanches, venait, avec un léger murmure, se répandre autour des pieds blancs. Au milieu de la pénombre vaporeuse, sous la clarté indécise de la lampe, Diyllis, vêtue de perles humides et secouant ses cheveux alourdis, était semblable à une naïade au cœur d'une grotte profonde.

Le prêtre descendit vers le coffre de térébinthe, dont il releva le couvercle massif. Il en tira des étoffes fines et souples qu'il tendit à la jeune fille. Quand elle eut exprimé l'eau de sa chevelure et séché son corps, il se rapprocha d'elle et passa autour de sa tête une robe de lin très pur, de mode ancienne, telle qu'on en voit aux reines et aux déesses sur les murailles des temples. C'était une gaine étroite qui, suspendue aux épaules par deux bandeaux, laissait à découvert les bras et les seins et, s'appliquant jusqu'aux chevilles sur tout le reste du corps, figurait, avec la taille ronde et mince, avec la courbure des reins et des genoux et l'effilement des jambes, une grande amphore blanche d'où le buste de la femme émergeait comme une fleur.

Ainsi transformée, ses cheveux rattachés au-dessus de la nuque, Diyllis souriait vaguement. L'effroi et la fatigue paraissaient enfuis de son visage. Le prêtre lui offrit une coupe pleine d'un breuvage frais et doux qu'elle but avidement. Et, quand il prit sa main pour l'aider à descendre de la vasque, elle le regarda, et un éclat timide brillait dans ses yeux. Il demanda :

— Argyros sait-il que tu es montée vers le temple?

Elle eut un petit rire et répondit d'une voix claire :

— Il ne le sait pas.

— Il ne devra jamais le savoir, poursuivit le prophète. Malheur à qui révélera les secrets de la demeure d'Ammon!

Le son de ces paroles impérieuses fit tressaillir Diyllis, et la confiance s'envola, un instant, de son cœur, comme un oiseau effarouché. Mais le prêtre l'entraînait doucement.

Et bientôt elle s'étonna de sentir chanter dans sa poitrine une allégresse étrange. Des souffles tièdes semblaient glisser sur sa nuque, un sang plus léger parcourait ses veines, tout son être était soulevé par une émotion inconnue et délicieuse... Elle suivit le prophète. Et, laissant derrière eux la chambre des ablutions, ils rentrèrent dans la nuit.

Soudain, à travers l'épais silence qui les environnait, une clameur gronda, confuse, prolongée, comme le hurlement d'une tempête lointaine. Ils s'arrêtèrent. Le même bruit retentit encore, à la manière d'un écho. Puis tout se tut et ils marchèrent plus avant.

La main droite étendue devant elle pour se garder d'un obstacle invisible, Diyllis s'appuyait au bras de son guide. Maintenant elle était impatiente de voir, d'entendre le secret de cet abîme. Un dieu allait lui parler peut-être!... Qui était-elle pour avoir été choisie entre toutes? Quel événement merveilleux fleurissait dans sa vie stérile, en un matin? Oh! comme elle se ferait petite et soumise, comme elle adorerait ce dieu redoutable qui daignait s'abaisser jusqu'à elle! Elle ne le craignait plus. Il pouvait user d'elle selon son caprice. Il pouvait même la faire mourir. N'était-il pas le maître et n'était-elle pas heureuse d'être l'esclave?..,

Là-bas, des cris plus distincts s'élevèrent, puis de grands bruits sourds et rythmés comme le choc des marteaux qui tombent sur l'enclume.

Près d'elle, un verrou grinça, une porte la frôla légèrement. La main du prophète abandonna la sienne.

— Prosterne-toi! murmura-t-il.

Elle posa son front sur les dalles sablées. Le prêtre psalmodiait avec lenteur, sur un ton grave :

« Ammon Épiphane!... Dieu très grand!... Maître des Dieux!... Salut à la Majesté d'Ammon!...

« Ammon tout-puissant!... Le grand prêtre de Ta Majesté... l'homme de Ta confiance... la voix de Ton âme... est devant Toi.

« Il amène devant Ta Majesté... la servante qu'Elle a choisie... Abaisse Tes regards sur elle!... et juge-la digne de Toi!

« Car elle est plus belle que le genévrier... lorsqu'il se pare au printemps... de pousses nouvelles...

« Car son âme est pure... comme la neige qui sommeille dans les pays du Nord... sur les monts inaccessibles... »

Il se tut. Au loin, le tumulte devenait d'instant en instant plus sonore. Tout à coup, un cri jaillit, aigu et déchirant, pareil à la plainte d'un supplicié. Diyllis épouvantée se redressa. Mais le prophète effleura ses cheveux.

— Ne t'inquiète point des bruits du dehors! dit-il. Que sont les emportements passagers de la foule? La demeure d'Ammon est plus impénétrable que les tombeaux des rois... Je t'abandonne auprès de lui, poursuivit-il. Il ne tardera point à venir vers toi. Lorsque tu sentiras son souffle t'envelopper, demeure docile et souriante comme la fleur des perséas sous les premières caresses du vent de l'été.

Et Diyllis entendit le prophète s'éloigner. Affolée d'être seule, voulant le retenir encore, elle lança les mains dans la nuit. Mais autour d'elle tout était vide, noir et silencieux. Alors elle se prosterna de nouveau, appuya le front sur ses doigts joints et, immobile comme une morte, attendit...

Les instants s'écoulaient, lents et formidables, rythmés par le battement sourd de ses tempes. A ses côtés, aucun atome ne paraissait se mouvoir. Au dehors, les chocs et les cris retentissaient toujours. Mais elle n'y prenait plus garde, anéantie par le mystère qui pesait sur elle, torturée par l'effroi et l'impatience. Enfin, craignant d'éloigner le dieu par son inquiétude, elle osa relever la tête, et, les yeux dilatés, les lèvres tremblantes, toute vibrante et angoissée, elle supplia dans un souffle :

— Ammon !

Alors elle sentit un frôlement léger descendre autour de ses épaules, lui envelopper les seins et les hanches. En même temps, une haleine chaude et rapide passait sur son visage. Des lèvres ardentes cherchaient ses lèvres. Une main violente déchira sa robe et broya ses genoux. Tout son corps se raidit d'abord comme pour une lutte suprême. Mais elle était prise dans une étreinte vigoureuse; ses ongles ployèrent sur des muscles rigides. Et bientôt, sous la flamme des caresses, sa résistance fondit, et, de même que la cire subit l'empreinte brutale du cachet, de même elle s'abandonna...

Subitement, de grands coups, durs et mats, résonnèrent, tout proches, pareils au fracas des cognées. Des rumeurs, des pas précipités emplissaient le temple. Diyllis, haletante, vit avec stupeur un rayon lointain et pâle au milieu des ténèbres. Elle espéra des prodiges...

Mais, soudain, les liens vivants qui l'enserraient se dénouèrent. Elle aperçut une ombre qui fuyait. Puis un craquement formidable éclata, un fleuve de lumière jaillit dans la nuit. Et voici qu'apparurent devant elle des êtres hideux et sanglants, des faces convulsées, des yeux hagards ouverts avidement sur sa nudité.

. . . .

V

LA MORT DES DIEUX

C'ÉTAIENT les vainqueurs farouches des antiques idoles qui pénétraient au cœur de la mystérieuse demeure.

Ils avaient envahi le temple, presque sans adversaires, comme une forteresse abandonnée. Leur troupe, formée dès le matin sur la voie principale d'Achôris, s'était grossie de minute en minute, houleuse et menaçante. Les païens épouvantés avaient clos précipitamment leurs comptoirs et leurs boutiques. Quelques-uns s'étaient enfuis vers les routes du désert avec leurs femmes, leurs enfants et les plus précieuses de leurs richesses. La plupart s'étaient retirés auprès de leur foyer, et, entourés de leurs familles et de leurs dieux domestiques, ils attendaient, silencieux, le pillage et la mort. Mais, soit crainte, soit dédain d'une lutte inutile, aucun ne s'était résolu à défendre le temple.

Cependant les assaillants se pressaient sur la chaussée trop étroite. Un homme sortit en courant d'une ruelle et vint au-devant d'eux. Il était haut de près de quatre coudées. Autour de sa face frénétique, ses cheveux noirs, collés par la sueur et la poussière, flottaient en touffes rudes. Il portait la robe et la ceinture de fer des simples moines. Mais le long bâton, embouté de cuir, qu'il brandissait témoignait qu'il était leur chef, Macarios, leur père très saint et très redoutable. Tous les chrétiens d'Achôris connaissaient ses allures surprenantes, les merveilles de sa vie, la violence de sa piété, et ils le vénéraient comme un prophète de Dieu. Dès qu'ils l'aperçurent, ils poussèrent de grandes clameurs.

Secouant ses bras étendus, il leur commanda de se taire. Et sa voix s'éleva, sifflante et dure :

— Où sont nos ennemis? criait-il. Ils se sont dispersés et tremblent, blottis dans leurs tanières, comme les chacals aux lointains grondements du lion. Laissons-les à leur détresse, car pour eux le Seigneur a dit : « Je n'achèverai point de rompre le roseau brisé, je ne soufflerai point sur la lampe qui vacille. » Mais que toutes nos colères se précipitent sur ce temple maudit. Foulons ces avenues orgueilleuses, broyons ces statues impuissantes, arrachons ces portes hypocrites ! Que la lumière du ciel jaillisse à flots dans ces salles ténébreuses où rôde l'haleine de Satan ! Arrachons à leur repaire ces prêtres scélérats, devant qui la terreur courba le front de nos pères. Pendant des siècles innombrables, ceux-ci furent esclaves et dupes : voici l'heure de les venger !

A chaque invective, les visages se crispaient davantage, les corps transportés d'impatience se heurtaient, et Macariòs, ne les contenant plus, reculait, criant toujours. Mais soudain il fit volte-face et se mit à courir. Et tous le suivirent, hurlant et bondissant comme une meute déchaînée.

Ils gravirent d'un élan la voie sacrée, se répandirent dans la cour...

Devant les statues de leurs anciens dieux, ils s'arrêtèrent et leur fureur hésita. Elles se dressaient, côte à côte, rigides et hautaines. Leurs grands yeux vides paraissaient contempler, au delà du cours indifférent des heures, l'uniforme horizon des choses éternelles. Et, comme le soleil rejaillissait sur les cristaux des calcaires et des granits, leurs corps puissants et tranquilles semblaient vêtus de flammes.

Il y eut un long silence, et les assaillants s'entre-regardèrent. Ils lisaient sur leur visage le respect et l'effroi. Quelques-uns étendirent les mains, la paume tournée vers les idoles, comme pour écarter le souffle de leur colère. Et même on en vit se jeter à genoux et couvrir de leurs faces les dalles poudreuses.

Mais, de ses poings robustes, Macarios fendait la foule. Ses hautes épaules passaient véhémentes au niveau des fronts. Il s'arrêta auprès d'un Osiris colossal, taillé dans un bloc de basalte noir. Le dieu était assis sur un trône massif. Ses mains croisées contre sa poitrine tenaient le fouet et le sceptre courbé, symboles de majesté souveraine. Ses pieds et ses genoux étaient joints si étroitement que le buste avait l'air d'être porté sur une base unique et immobile, comme il sied à un être à jamais établi dans le repos. Il était coiffé de la haute tiare, ornée de plumes, où la vipère divine dressait sa tête gonflée et menaçante. Mais le sourire de sa face doucement modelée n'exprimait que la pitié indulgente de celui qui connaît le cœur des hommes.

Macarios bondit sur le socle de la statue. Élevant, de toute la hauteur de ses bras, ses longues mains osseuses, il les crispa sur les genoux polis. On le vit se hisser d'un effort surhumain jusqu'aux cuisses du colosse. Là il se mit debout et se retourna. Le sommet de son crâne atteignait à peine la barbe du dieu.

Sur sa face rougie et luisante un ricanement de mépris éclata. Ceux qui s'étaient prosternés redressèrent le front.

— Lâches! cria-t-il. Voici que vous rampez comme des chiens, l'échine tremblante, le ventre contracté par la peur. Êtres stupides! haussez les yeux vers ce que vous adorez : un peu de pierre que les hommes ont arraché à la montagne et qu'ils ont traîné jusqu'ici en geignant et suant. Regardez!... Osiris, je crache sur toi! Masque ténébreux, je te frappe au visage! Si tu es un dieu, lève-toi, écrase-moi de ta colère, cesse au moins de sourire à la façon d'un vieillard imbécile! Tiens, tiens, figure d'eunuque!

L'écume jaillissait de sa bouche; son poing, qu'il lançait avec une rage croissante, se meurtrissait.

On lui jeta une masse de forgeron. Il la retint d'un geste agile, la fit tournoyer au-dessus de sa tête et l'abattit : les lèvres du dieu se rompirent, sa barbe tomba, il ne souriait plus.

La boule de bronze plana de nouveau, fendit l'air : une brèche s'ouvrit au front d'Osiris; sa couronne vacilla et vint se fracasser sur les dalles.

Macarios exulta :

— Je l'ai frappé, criait-il, comme David frappa Goliath...

Mais ils ne l'écoutaient pas. Un vent de furie les emportait. Les mains levées, brandissant des marteaux et des haches, ils se ruèrent sur les idoles. Leurs cris terribles se mêlaient aux heurts retentissants des outils, au sourd fracas des blocs, qui, d'instant en instant, s'effondraient. Une poussière épaisse et brillante montait vers le ciel, comme la fumée d'un holocauste prodigieux.

Il y avait, à l'angle de la cour, du côté de l'occident, un escalier haut de quarante coudées, qui descendait jusqu'au niveau de la plaine. Ils résolurent de précipiter sur cette pente les statues mutilées.

Appuyés des épaules ou des mains sur la masse pesante, le corps oblique, s'agrippant des orteils, les jarrets tendus comme le câble des catapultes, ils avançaient à grand'peine, et, pour rythmer leur effort, ils poussaient de rauques et longs rugissements...

Un à un, les dieux chancelèrent. Leurs tronçons sautillaient, semblaient vouloir se joindre, se brisaient encore, roulaient de plus en plus rapides, et venaient enfin, après un bond suprême, échouer à la lisière des champs. Et, d'en haut, les paysans d'Achôris considéraient avec stupeur la chute lamentable de ces idoles qu'ils avaient redoutées plus que la foudre. Parfois, même, leurs derniers soubresauts étaient si grotesques que de grands éclats de rire secouaient les flancs de leurs bourreaux.

Et, dans le ciel serein, le soleil poursuivait sa marche immuable...

Une flèche jaillit, siffla... Au milieu de la foule, un paysan se débattait sur le sol, la gorge transpercée. Une autre flèche passa par-dessus les têtes courbées. Sur la terrasse de l'hypostyle, on vit un homme, le genou fléchi, bander un grand arc lydien.

C'était le plus jeune prêtre du temple, Didyme le pastophore. Il était violent et brave et vénérait aveuglément les dieux. Lorsqu'il avait vu cette tourbe envahir les abords de leur demeure, il avait couru au-devant des autres prêtres, pensant qu'ils se disposaient à repousser les sacrilèges. Mais prêtres et serviteurs, évadés par des portes secrètes, s'étaient dispersés à travers la ville. L'hypostyle, le pronaos, étaient silencieux. On n'entendait qu'un murmure léger s'exhalant du sanctuaire : c'était, sans doute, le prophète qui conversait avec Ammon, et nul, quel que fût le prétexte, ne pouvait sans crime interrompre ce formidable entretien.

Alors Didyme se résolut à combattre seul. Il gravit l'escalier qui menait au faîte du temple, à la place où souvent, dans l'immensité des nuits sans lune, il avait contemplé le cortège lent et mystérieux des étoiles. Là, il vit ses dieux abîmés pêle-mêle comme des choses viles, il vit la joie hideuse qui les insultait : il banda son arc et le rire de ces hommes s'arrêta dans leur gorge.

Mais ils l'avaient aperçu. Ils se le montraient, l'un à l'autre, et lui lançaient des imprécations menaçantes. Une troisième flèche s'enfonça dans l'épaule d'une femme. Au même instant, des pierres volaient autour de Didyme. Un éclat de porphyre l'atteignit au visage : il tituba, aveuglé par le sang. Une figure noire et grimaçante surgit derrière lui. C'était un Éthiopien, esclave d'Argyros, qui, par les fentes étroites des assises, avait escaladé le mur de l'hypostyle. Il saisit le prêtre aux aisselles et le jeta sur la meute hurlante. Tous bondirent vers lui. Comme ses yeux s'ouvraient, hagards et terribles encore, deux pouces plongèrent dans leurs orbites. De sa gorge jaillit un cri effroyable. Alors une main écarta ses mâchoires et lui arracha la langue. Son corps se convulsa violemment, puis se raidit; un dernier râle murmura entre ses lèvres sanglantes. Ils emportèrent le cadavre, le précipitèrent dans la plaine. Et les membres de Didyme vinrent s'écraser sur les tronçons amoncelés de ses dieux.

Des haches s'abattaient contre la grande porte du temple. Mais elles rebondissaient sur les clous de bronze et s'émoussaient vainement. La voix de Macarios domina le tumulte, et quelques hommes, parmi les plus forts, obéissant à ses ordres, allèrent ensemble du côté de la ville. Après quelque temps, ils revinrent, portant sur leurs épaules fléchissantes un fût de palmier d'une longueur prodigieuse. Aussitôt des mains innombrables s'y attachèrent, et cette grappe vivante oscilla d'abord, comme secouée par un ouragan, puis se tint, une seconde, immobile, recula de quelques pieds, et enfin, d'un seul élan, se rua... Le choc retentit avec un bruit de tonnerre, les gonds se descellèrent, l'écho se prolongea au loin vers les collines désertes, et, dans le grand silence qui suivit, on put entendre la porte puissante et mystérieuse, déchirée de la base au linteau, gémir lugubrement.

Alors ils lâchèrent la poutre pesante, et, s'appuyant sur les battants, ils les renversèrent devant eux. Puis ils se répandirent dans l'hypostyle.

La plupart d'entre eux y pénétraient pour la première fois. Et, dès le seuil, ils ouvraient avidement les yeux, cherchant de merveilleux secrets.

Ils s'étonnèrent de ne découvrir que des colonnes grises et des murailles nues. La lumière ardente du jour, chassant les ténèbres séculaires, n'éclairait çà et là que des bas-reliefs mystiques dont les couleurs étaient écaillées et noircies. Ils crachèrent sur la figure des dieux et les martelèrent.

Cependant quelques-uns avaient assailli la porte qui fermait les chambres sacrées. Elle était d'essence précieuse, mais rien ne la défendait du tranchant des haches. Et bientôt ses lambeaux tombèrent de toutes parts : la demeure des dieux s'ouvrit, muette et profonde.

Et, pour la seconde fois, les soldats du Christ reculèrent, mordus aux entrailles par une terreur plus forte que leur rage. Devant eux, ce ne fut d'abord que la nuit et la vapeur épaisse des aromates. Puis, au fond de cet abîme, quelque chose parut s'agiter. Macarios lui-même se taisait, et ils l'épiaient, inertes.

Il se mit à marcher lentement, à pas étouffés, comme s'il redoutait l'éveil soudain de l'Inconnu. Eux commençaient à le suivre, quand brusquement ils le virent s'arrêter... Les plus hardis s'approchèrent.

Une femme était là, les yeux éperdus comme ceux d'une possédée, les cheveux dénoués, nue et blanche. Elle s'appuyait sur un petit autel de granit où s'allongeait une barque dorée, celle que l'on exhibait aux processions solennelles. Derrière l'autel, un Ammon de bois noir, informe et vermoulu, debout dans une niche, souriait béatement.

Ils regardèrent d'abord avec effroi et convoitise, ne sachant s'ils voyaient une déesse ou une fille des hommes. Mais les genoux de Diyllis semblaient fléchir et ses mains s'avançaient suppliantes. Macarios ricana :

— Ha! ha! cria-t-il. Une prostituée!... Et là-haut, un bloc de bois pourri!... Voilà ce qu'abritait l'ombre éternelle de leur Saint des Saints!... Ha! ha! que fais-tu donc ici, épouse de Satan?

Une faucille vola au-dessus de sa tête : la lame affilée vint se suspendre au cou fragile de Diyllis et aussitôt se couvrit de sang. La victime ouvrit démesurément les yeux, murmura une plainte indécise et s'affaissa près de l'autel. Autour d'elle, des mains crispées se tendirent, des torses ardents se bousculèrent...

Mais un vieillard, qui semblait avoir épuisé ses dernières forces à traverser cette bande furieuse, dressa en face des bourreaux son grand corps décharné, son visage livide troué de deux yeux sanglants. Péniblement, ses bras se soulevèrent, puis se raidirent comme ceux d'un crucifié. Une voix faible et brisée sortit de ses lèvres tremblantes :

— Au nom du Christ miséricordieux! Pardonnez! Ayez pitié!

Il ne put parler davantage. Mais, de même que le vent d'orage s'apaise aux premières gouttes chaudes et bienfaisantes qui tombent du ciel, ainsi la frénésie de cette foule se calma...

LE LIVRE
DE JÉSUS

I

LA CABANE

CE matin-là, Cherisis filait sur le seuil de sa demeure.

Elle s'était mise au travail dès les premières lueurs de l'aube, et, sous ses doigts diligents, le fuseau tournait rapide. Car elle était pauvre, ne possédant que cette cabane de briques au bord du fleuve et quelques drachmes d'argent, enfouies dans une amphore sous les dalles du foyer. Elle était veuve, et, seule durant toute la longueur des jours, elle n'avait au fond de ses yeux pâles qu'une pensée et qu'un rêve : Orion, son fils unique, un beau garçon de vingt ans, grave et fort, qui, chaque soir, quand mourait le crépuscule, venait partager avec elle le recueillement paisible de sa maison.

Il était passeur au port d'Achôris. Levé sitôt que blanchissait le ciel, il ne quittait point sa barque avant que l'onde et les berges fussent autour de lui confondues par les ténèbres. Si personne ne l'appelait sur la rive, il pêchait ou raccommodait ses filets. Mais, aux jours de marché, la barque ne cessait de s'emplir de petites gens et de bétail. Alors le labeur d'Orion, courbé sans trêve sur les rames pesantes, était plus rude et monotone que celui des bœufs attelés à la roue des puits. Pourtant, le soir, il revenait avec le même visage que la veille, et jamais une parole amère ne sortait de ses lèvres...

Cherisis filait, ce matin-là, sur le seuil de sa demeure, et le fuseau ronflait doucement parmi les bruits légers d'alentour. La deuxième heure était proche. Déjà le soleil glissait de fauves rayons entre les troncs serrés des palmiers, sur la poussière du chemin. L'azur du ciel se voilait d'une vapeur blanche et lumineuse. Les mouches se balançaient innombrables, entre-croisant parfois, avec de brusques éclairs, leurs vols précipités. Et l'on sentait peu à peu s'enfuir la fraîcheur bienveillante de l'aurore.

Derrière elle, au travers de la porte fermée à demi, Cherisis entendit comme un froissement d'étoffes, puis une plainte très faible. Elle leva la tête, écouta un instant; mais, le bruit ayant cessé, elle continua sa tâche.

Tout en roulant le lin entre ses doigts effilés, Cherisis regardait autour d'elle. Huit ou dix cabanes à peu près semblables à la sienne, groupées le long du quai, à l'ombre des palmiers et des mimosas, abritaient aussi des familles de pêcheurs et de bateliers. Et c'était, au bord du fleuve paternel, où sommeillaient de vieilles barques noircies, un hameau très pauvre, mais paisible et gracieux, égayé par le roucoulement des colombes. De temps à autre, Cherisis voyait une jeune femme vêtue de blanc sortir du logis, une amphore vide sur la tête, svelte et légère, puis, quelques moments après, revenir, droite et lente, soutenant de son bras nu le grès humide qui meurtrissait son front. De petits garçons tout nus, de petites filles gauches et charmantes dans leurs haillons bariolés, sous leurs voiles éclatants, venaient rire en sautillant auprès de la porteuse d'eau... Et Cherisis souriante rêvait au jour où sa demeure s'embellirait d'une jeune épouse pareille à celle-ci, active et tendre, et d'enfants espiègles et heureux, pareils à ceux-ci.

Mais un vieillard s'avançait vers elle.

Appuyé sur un bâton très court, il marchait à petits pas saccadés, et ses pieds mal affermis soulevaient la poussière brillante. Cherisis le reconnut et n'interrompit point son travail. Quand il fut arrivé tout près d'elle, il s'arrêta. Sa tête chauve oscilla quelques instants, comme secouée encore par l'agitation des membres. Et ses yeux gris, dans leurs paupières humides et rouges, interrogeaient avidement. La veuve mouilla sur sa bouche la pointe de ses doigts et, reprenant le fil de la quenouille :

— Je suis restée auprès d'elle toute la nuit, dit-elle, pendant qu'Orion était couché ici, contre la porte. Parfois elle semblait reposer; mais, tandis que ses yeux étaient clos, des songes douloureux devaient tourmenter son âme, car elle gémissait sans cesse ou jetait soudain de grands cris. Et lorsqu'elle ouvrait les paupières elle considérait les choses vaguement, et ses lèvres remuaient sans rien dire, comme si elle ne savait plus voir ni parler. A l'aube, elle s'est endormie d'un sommeil plus tranquille. Je l'ai laissée seule et je suis venue là filer cette quenouille de lin. Onnophris, le tisserand, doit prendre le fil ce soir; mes yeux sont alourdis par la veille, mais il faut qu'il trouve la tâche terminée : tu sais combien il est exigeant et dur.

Le vieillard hocha tristement la tête:

— Il lui sera demandé compte de l'usure de tes yeux.

— On dit qu'il a fait don à l'évêque d'Antinoë d'une tunique merveilleuse, sans défaut.

— Dieu lui dira : « J'ai vu les soucis de la veuve tissés sur la trame de cette tunique, et ton présent m'a fait horreur! »

— N'importe, je suis contente de gagner ce salaire, reprit Cherisis. Je veux que l'épouse d'Orion trouve un petit pécule dans sa nouvelle maison, afin que le labeur ne pèse point trop durement sur elle, au moins dans les commencements, et qu'ils soient heureux l'un et l'autre.

Le vieillard ne répliqua point. Après un instant de silence, Cherisis demanda :

— Le pays semble calme à présent. Que font les gens de la plaine?

— Ils se disputent pour le partage des champs, répondit le vieillard. Il allait éclater entre eux de terribles querelles; mais Macarios est parvenu, je crois, à les apaiser. Ils ont accepté sa décision. Les moines posséderont toutes les terres; ils en distribueront les fruits à chacun suivant son travail.

La veuve haussa doucement les épaules :

— Heureux les pauvres qui ne convoitent point! dit-elle.

— Parce qu'ils savent rester libres et s'aimer, ajouta le vieillard.

A ce moment, ils entendirent un sanglot derrière le seuil. Le vieillard écouta, un instant, puis vint en chancelant pousser la porte. Cherisis parut hésiter; elle considéra le fuseau déjà gonflé et le lin qui restait encore; elle regarda dans la cabane... Enfin elle posa la quenouille et entra.

La chambre était à demi obscure. La fenêtre, étroite et basse, percée dans le mur qui surplombait la berge du fleuve, était voilée d'un carré de laine bleue. La brise humide glissait sous l'étoffe et répandait dans l'ombre un peu de sa fraîcheur. Un filet aux mailles brunies, quelques bottes d'oignons séchés pendaient aux poutres enfumées du plafond. Sur le sol, entre deux pierres noircies, il y avait un petit tas de cendres éteintes, et, de chaque côté, deux couffes rondes : l'une contenait ces galettes de maïs, minces et dures, que l'on amollit dans l'eau avant de les manger; l'autre, une moitié de pastèque à la pulpe saignante, des bananes et des raisins. Dans un coin, une grande jarre pleine d'eau, le col très large, la panse effilée comme un énorme fuseau, fichée entre les pieds d'un escabeau trapu, suintait et s'égouttait lentement.

Parmi ces humbles accessoires d'une pauvre vie, Diyllis était étendue. La veille, deux jeunes paysans, guidés par le vieillard, avaient apporté dans la demeure de Cherisis son corps souillé et sanglant, insensible comme un cadavre. Et la veuve n'avait interrogé personne. Mais, abandonnant sa tâche journalière, elle avait pieusement lavé cette chair délicate; elle avait entouré de fines bandelettes l'horrible plaie. Puis, soulevant une pierre du foyer, elle avait retiré de la cachette trois drachmes d'argent, le quart de son pécule, et les avait confiées à l'un des jeunes hommes. Il était revenu, peu après, portant une natte de chaume épaisse et neuve et une robe de lin.

Quand le vieillard entra, Diyllis cessa de gémir et tourna péniblement la tête. Sur son visage, pâle comme la fleur humide des lotus, des larmes coulaient encore; ses larges yeux bruns s'ouvraient étonnés et douloureux. Cherisis referma la porte sans bruit.

Et Diyllis contempla longtemps le vieillard. Un souvenir lointain parut arrêter sa pensée délirante. Elle eut un air d'impatience chagrine.

— N'entends-tu pas? dit-elle d'une voix angoissée. Que veux-tu encore? Laisse là ton outre et va-t'en!

Et, avec un grand soupir, elle retourna la tête contre la muraille.

Cherisis regardait anxieusement le vieillard, qui, du bout de ses doigts tremblotants, essuyait ses paupières saignantes. Il lui fit signe d'aller reprendre sa tâche, et, quand elle fut sortie, il recula, sans bruit, dans le coin le plus sombre de la cabane, où il se tint accroupi et immobile.

Tout le jour, il demeura ainsi, attentif au moindre mouvement, à la plus légère plainte de cette enfant que la mort semblait environner. Parfois il l'entendait prononcer des phrases étranges, ou, la figure embellie par l'extase, chanter des airs très doux, de langoureuses chansons d'amour. Mais souvent il voyait son visage se raidir, sa bouche se tordre et une écume rouge couler au coin de ses lèvres. Il s'approchait alors, essuyait les lèvres et versait quelques gouttes d'eau dans la bouche desséchée. Et ses pauvres mains maladroites tremblaient plus fort quand il apercevait, dans les grands yeux muets, un apaisement et une gratitude infinis.

Mais, aux premières rougeurs du crépuscule, la fièvre de Diyllis devint plus ardente. De longs cris s'échappaient de sa gorge tendue. Ses membres semblaient soulevés par d'affreuses tortures ou d'irrésistibles désirs. Sa tête roulait sans cesse sur le chevet de bois qui la soutenait. Brusquement, elle rampa hors de la natte et, se dressant tout debout, elle colla son flanc à la muraille, la nuque renversée, les yeux fous, la masse de ses cheveux noirs tombant jusqu'à ses reins cambrés. Sur les bandelettes qui couvraient sa blessure, une tache pourpre apparut, grandit. Le vieillard se précipita. Mais, prompte comme une panthère, Diyllis lui jeta à la face ses doigts crispés, et des sillons sanglants traversèrent la peau livide. Puis elle s'abattit au bord de sa couche...

Une heure après, comme elle demeurait étendue, les yeux brillants, fascinée par d'obsédantes visions, Orion, le fils de Cherisis, entra. Elle tourna vers lui un regard douloureux, mais elle ne parut point surprise de sa présence. Peu à peu ses traits s'amollirent; bientôt une extase heureuse rayonna autour de ses lèvres. Puis, comme si une douceur infinie emplissait sa poitrine, elle soupira et gémit légèrement...

Il était debout, grand et fort, et il souriait aussi, étonné et attendri. Les boucles de ses cheveux noirs encadraient, épaisses et soyeuses, l'ovale très pur mais un peu large de son visage. Entre les franges longues et denses des paupières passait la bonté caressante de ses grands yeux sombres. L'ardeur du soleil ni les reflets brûlants du fleuve n'avaient pas encore fait disparaître de ses joues brunies le duvet de l'adolescence. Une tunique courte, serrée à la ceinture et tombant jusqu'aux genoux, laissait voir le cou gracieux et plein, les bras durcis par la pesée incessante des rames.

Et Diyllis, involontairement poussée par la fièvre, se redressa un peu et tendit les mains vers Orion. Mais lui, obéissant à un signe du vieillard, reculait lentement vers la porte, en souriant toujours. Elle le vit disparaître comme le fantôme merveilleux d'un songe. Quelques instants encore, ses yeux gardèrent la flamme du bonheur : puis elle ferma ses paupières et s'endormit...

Orion vint s'asseoir sur le seuil de la cabane auprès de sa mère, qui filait une dernière poignée de lin. L'ombre s'épaississait. Seul le clapotement du grand fleuve invisible résonnait tristement dans le silence apaisé des choses. Quelques étoiles scintillaient dans le vert livide du ciel. Un souffle frais et léger passa : c'était la première haleine de la nuit. Comme le jeune pêcheur était naturellement taciturne, Cherisis ne fut pas surprise qu'il ne lui parlât point, après l'accablement de ce long jour d'été. Et elle ne s'inquiéta pas encore lorsqu'elle entendit un profond soupir chassé de sa poitrine robuste... Mais, vers la gauche, une forme blanche apparaissait, haute et fine, entre les troncs noirs des palmiers. C'était leur jeune voisine, Thaïa, fille de Psennouphis, qui sortait de sa demeure et venait vers eux. Et la veuve, qui du coin de l'œil observait son enfant, vit qu'il ne détournait point la tête, ainsi qu'il en avait coutume, pour saluer joyeusement son amie.

Alors son âme naïve s'étonna.

II

PHOTIOS

Cette nuit-là, le sommeil de Diyllis fut paisible...

Au matin, de faibles bruits, une clarté trop vive, lui firent entr'ouvrir les yeux. Elle s'émerveilla de ne point reconnaître autour d'elle le chevet d'ivoire, les couvertures de pourpre, les rideaux de soie roses et diaphanes, ses bibelots, son esclave Tamina, tous les spectacles familiers de son existence. Elle examinait, sans comprendre, cette couche misérable, ce logis si noir et si laid. Il lui paraissait qu'elle avait dormi très longtemps; elle se demanda si elle n'était pas morte et si elle ne renaissait pas maintenant au milieu d'un monde nouveau...

Mais elle ne parvenait pas à soulever sa tête alourdie. Comme elle voulait s'appuyer sur le coude, une douleur aiguë la transperça : elle gémit sourdement.

Alors elle vit encore le vieux porteur d'eau, ainsi qu'un fantôme silencieux et obstiné, surgir du coin le plus sombre de la chambre et marcher vers elle. Elle vit encore ces genoux à demi fléchis, ces épaules creuses qui semblaient pousser en avant la tête branlante, ces yeux éteints dans leurs cercles purulents. Et elle s'aperçut qu'à travers sa laideur il essayait de sourire. Elle dit, d'une voix exténuée :

— Que me veux-tu ?

Il posa un doigt sur ses lèvres.

— N'aie pas d'inquiétude, dit-il; ne parle pas.

Mais les yeux grands ouverts l'interrogeaient toujours.

— Que m'est-il arrivé? reprit-elle. Pourquoi ne suis-je pas dans la villa de mon père?

Il la regardait tristement, sans répondre.

— Suis-je morte? murmura-t-elle.

Des larmes coulaient de ses yeux; elle suppliait, les mains jointes :

— Parle-moi!

Il s'approcha d'elle et caressa doucement son front moite.

— Dors, dit-il. Tu reposes sous un toit pauvre, mais charitable, où le malheur ne viendra pas te poursuivre.

Et Diyllis ne découvrit pas en ce moment pourquoi cet homme lui parlait de malheur et de pauvreté, mais elle se laissa bercer par la tendresse de ses paroles. Elle ferma ses paupières pesantes, et, pour quelques heures encore, la souffrance épargna son cœur...

Vers le milieu du jour, elle s'éveilla. Elle entendit d'abord un bruit frêle et continu comme le murmure d'une abeille, et, ayant tourné la tête, elle aperçut auprès d'elle, assise sur un escabeau grossier, une vieille femme qui filait.

Cherisis, sentant que Diyllis était éveillée, abaissa son regard vers elle. Un instant, les deux femmes essayèrent de lire au fond de leurs âmes. Et l'âme de Diyllis se ferma comme une fleur craintive, parce qu'elle crut voir dans les yeux de la veuve passer une ombre de défiance.

Sans prononcer une parole, Cherisis se leva, alla près du foyer et retira de l'une des corbeilles une grappe de raisin lourde et dorée. Puis elle sourit un peu et tendit le fruit à sa jeune hôtesse. Et, voyant que celle-ci hésitait à le prendre, elle arracha elle-même un des grains, le posa sur les lèvres desséchées. Et Diyllis mordit avidement à cette chair rafraîchissante.

En ce moment, le vieillard entra. Il portait sur un plateau de bois deux pains, tièdes encore, et un gâteau de miel nouvellement sorti de la ruche. Quelques instants après, assise au bord de sa couche, ses cheveux dénoués, ses grands yeux noirs errant autour d'elle sans désir et sans pensée, l'air vaguement heureux, Diyllis mangeait comme une enfant...

Lorsqu'elle fut rassasiée, elle inclina sa tête sur le chevet grossier et demeura quelque temps immobile. Mais elle n'avait repris un peu de force que pour l'épuiser à souffrir. Dans les ténèbres de sa conscience, elle vit naître bientôt des images lointaines dont elle s'épouvanta. Elle considéra le vieillard avec angoisse.

Alors il s'assit auprès d'elle sur la terre battue, mit la petite main blanche de la jeune fille dans ses grosses mains calleuses, et lui parla... Elle apprit qu'elle était orpheline et qu'elle n'avait plus désormais ni demeure, ni jardins, ni richesses. Ces hommes qui avaient voulu la massacrer avaient détruit le temple jusque dans ses fondements, puis ils s'étaient précipités vers la villa. Argyros et quelques-uns de ses esclaves avaient péri; les autres avaient promis de se convertir. Et bientôt, le feu dévorant les murailles peintes, les plafonds de cèdre, les meubles précieux, les tentures somptueuses, toutes ces splendeurs n'étaient plus qu'un monceau de décombres noircis et fumants. Puis les paysans, assoiffés de détruire encore, avaient incendié les jardins, saccagé les vergers et les vignes...

Quand le vieillard eut cessé de parler, Diyllis, les yeux emplis de larmes, se tourna vers lui :

— Étais-je coupable d'un crime? dit-elle.

Il sourit tristement et répondit :

— Tu étais meilleure qu'aucun de nous.

— Tu m'as dit que mon père était avare et méchant, continua-t-elle. Mais moi, je ne savais pas... Avant de te rencontrer à la porte du jardin, je ne savais pas qu'il y eût des malheureux autour de moi... Je me souviens, à présent : tu m'as sauvée de la mort, parce que j'avais eu pitié de ta vieillesse. Mais eux, pourquoi ont-ils voulu me tuer? Que leur avais-je fait?

— Ils ne savaient pas, eux non plus. Ils ne connaissaient pas l'innocence de ton âme.

— Ce sont les dieux qui me poursuivaient de leur colère : que leur avais-je fait?

Le vieillard demeura un instant silencieux, puis il prononça d'une voix grave :

— Les dieux n'existent pas.

Diyllis, étonnée, l'observa un moment. Elle lut dans ses yeux une assurance tranquille. Et elle réfléchit qu'elle n'avait devant elle qu'un pauvre esclave ignorant des dieux et de leurs desseins. Cependant il dit encore, d'un air plus timide :

— Ne m'as-tu pas encore reconnu, Diyllis?

Elle le regardait avec surprise.

— Ne vois-tu pas que je t'ai reconnu?... Tu es l'esclave qui apportait l'eau du fleuve dans les jardins, et tu m'as sauvée de la mort...

Il l'interrompit, et, tendant le doigt vers le plafond de la cabane où l'on apercevait, à travers les poutres disjointes, des raies de ciel bleu :

— C'est Lui qui t'a sauvée! dit-il.

— Qui? demanda-t-elle avec un peu d'impatience. Ammon?

— Il secoua la tête sévèrement.

— Ammon n'existe pas.

— Tu es insensé! cria-t-elle.

Il lui prit de nouveau la main et la baisa humblement.

— Diyllis, tu ne m'as pas encore reconnu.

Elle fixa sur lui ses grands yeux et l'examina longtemps. Et, malgré les paupières sanglantes, malgré les rides profondes et les taches livides du visage, une image familière se réveilla dans sa mémoire. Elle saisit le poignet du vieillard :

— Est-ce toi, Photios? dit-elle. Non, cela n'est pas possible!... Il n'y a pas encore trois ans que l'on t'a séparé de moi... Et ta figure est meurtrie et décharnée, ton corps est brisé comme ceux des octogénaires!...

Il souriait.

— C'est moi, dit-il. Les tortures laissent plus de traces que l'écoulement monotone des jours.

Diyllis frissonna, et les pleurs débordèrent de ses yeux.

— Ils t'ont torturé à cause de moi, dit-elle, parce que tu m'avais grondée!

— Non, répondit Photios. Ils se sont

acharnés sur mon corps à cause de l'orgueil de mon âme. Rien n'est plus odieux aux maîtres que la fierté de leurs esclaves. Argyros a fait broyer mes reins parce qu'ils ne se pliaient pas devant lui; il a fait couper mes paupières parce qu'elles ne s'abaissaient point malgré ses menaces; il a fait appuyer le fer rouge sur mon visage parce que mon visage paraissait dédaigner la souffrance...

Diyllis, haletante, l'interrompit :

— Ils m'ont dit qu'ils t'avaient vendu!

— Quand je n'ai plus été qu'une chose inerte et horrible à voir, ils m'ont traîné à Antinopolis, sur le marché des esclaves. J'y suis demeuré huit jours. Le soleil et la fièvre me consumaient, et je n'avais plus même la force d'écarter les mouches qui s'abreuvaient à mes plaies saignantes. J'espérais mourir, quand un homme, un potier de la ville, a eu pitié de moi. Il ne m'a payé que dix drachmes, mais c'était, je crois, plus de la moitié de son pécule, car il était très pauvre. Pendant plus de six mois, il m'a soigné comme un frère très aimé, lavant la chair corrompue de mes blessures, adoucissant mes souffrances par de merveilleuses paroles. Quand j'ai été guéri, il n'a rien exigé de moi. Un matin, il a suspendu à mes épaules une besace pleine de vivres, puis il m'a mis deux drachmes dans la main et m'a congédié en me bénissant. Alors je suis revenu à Achôris. Le chef des esclaves m'employait aux jardins, et Argyros ne m'a jamais reconnu.

Comme il se taisait, Diyllis demanda :

— Tu es revenu pour te venger?

Elle avait dit cela posément, ne doutant point de la réponse, car, en son esprit, rien ne paraissait plus noble et plus juste que la vengeance. Mais Photios remua doucement la tête.

— Non, dit-il. Car, chez mon maître le potier, j'avais appris à souffrir sans orgueil et sans haine. Je suis revenu parce qu'une partie de mon âme était restée dans ta demeure. Et aussi, reprit-il plus vite, parce que je ne savais pas où trouver désormais mon pain de chaque jour : personne n'aurait voulu de moi qui suis si faible et si laid!

— O Photios! murmura Diyllis. Est-ce toi qui m'as dit tout à l'heure que les dieux n'existaient point?... Qui donc considère maintenant la patience de ton âme?

De son doigt tendu, il désigna une seconde fois les raies brillantes entre les poutres du plafond. Et il répondit :

— Notre père, qui est dans les cieux!

Comme les yeux de Diyllis s'élargissaient, avides et douloureux, il poursuivit :

— Mon maître d'Antinopolis gardait dans sa pauvre cabane toutes les paroles de Jésus, le divin prophète de Galilée. Ne pouvant acheter du papyrus, il les avait copiées peu à peu sur les tessons de ses amphores brisées. Il me les lisait, car mes yeux étaient presque toujours troubles, à cause de mes paupières coupées. Il me les a relues plusieurs fois, en sorte que je les ai retenues par cœur. Et moi, qui jusqu'alors avais méprisé les disciples du Christ comme des insensés ou des lâches, je suis devenu chrétien parce qu'au milieu de mes souffrances j'ai entendu dire : « Bienheureux sont ceux qui souffrent ». Je suis devenu chrétien parce que j'ai compris que la douleur et la pauvreté devaient ici-bas nous unir comme des frères, et qu'en nous tenant par la main nous devions regarder là-haut, vers notre Père compatissant.

— Photios! Photios! cria Diyllis en luttant contre l'angoisse qui l'étreignait. Et les autres dieux? Réponds-moi! Ils n'existent pas? Ammon n'existe pas?

Il hocha la tête presque durement, sans répondre.

— Tu te trompes! tu te trompes! Toi-même, tu m'as dit autrefois qu'ils existaient.

— Je savais déjà qu'ils n'étaient que mensonges. Mais, hélas! je ne savais par quoi les remplacer dans ton âme ingénue. Ma sagesse, orgueilleuse et dure, n'était pas de celles que l'on enseigne à une enfant.

— Tu te trompes! répéta-t-elle avec violence, tu te trompes! Tu ne peux pas tout connaître! Il existe... J'ai été dans son sanctuaire... Je...

Elle n'acheva point. Ses lèvres tremblaient. Le visage de Photios s'assombrit encore et prit un air de colère farouche. Il se taisait; mais, de toute sa force, Diyllis lui secoua le bras. Alors il détourna d'elle son regard et dit rudement :

— Ils ont lapidé le prophète sous l'autel d'Ammon.

Un instant, elle demeura immobile, la bouche entr'ouverte, les prunelles fixes. Puis tout son corps frémit, ses yeux se révulsèrent, et elle retomba sur sa couche en se tordant les poings.

L'heure du crépuscule était venue, et l'ombre envahissait la cabane... La porte tourna doucement sur ses attaches d'osier. C'était Orion. Son labeur lui avait semblé, ce jour-là, plus léger, et il rentrait en souriant. Il s'arrêta sur le seuil, et les pâles reflets du ciel formaient comme une auréole autour de ses cheveux.

Diyllis se releva un peu, l'aperçut et brusquement se cacha la figure dans ses deux mains.

III

ORION ET THAÏA

Les jours s'écoulèrent. Le fleuve accomplit, cette année encore, sa grande œuvre féconde. Ses flots impétueux et troubles couvrirent la terre ardente. Puis ils se calmèrent et dormirent. Entre les cadres sombres des digues, les champs apparurent, semblables à d'immenses miroirs, réfléchissant, à l'aurore et au crépuscule, les nuances délicates ou tragiques du firmament.

Autour des hameaux, les dattiers baignaient leurs troncs écailleux, et, sous les palmes reverdies, leurs fleurs lourdes, chargées de pollen, pendaient comme des grappes d'or. A demi oisifs durant les mois de la crue, les paysans se rassemblaient à l'ombre des sycomores et parlaient entre eux de leurs luttes récentes. Des paroles amères étaient prononcées : la plupart, déjà, voyaient ce grand mirage de bonheur, qui les avait attirés hors de leur voie journalière, reculer devant eux et fuir, insaisissable.

Quand Photios passait auprès d'eux, ils l'accueillaient avec respect. Ils le connaissaient depuis son retour d'Antinopolis. En effet, lorsqu'il n'était point retenu par son labeur d'esclave, il allait vers leurs cabanes, caressant les enfants que n'effrayait point sa laideur, soignant les malades et laissant dans tous les cœurs des paroles consolatrices. Pourtant ils n'avaient pas voulu l'écouter quand il leur conseillait de ne point servir la colère des moines et de continuer à vivre dans la paix et la liberté de leurs âmes. Mais là-haut, au fond du temple saccagé, dès qu'ils avaient vu son grand corps douloureux se dresser devant leur victime, toute leur furie était tombée soudain. Et peut-être, à ce moment, leur soif de pillage et de meurtre se serait-elle entièrement apaisée si, avant d'emporter la jeune païenne, Photios, d'un geste farouche, ne leur avait désigné, près de l'autel, une lourde dalle mobile qui, tournant sur son axe, découvrit l'entrée du souterrain où ils trouvèrent le grand prêtre d'Ammon...

Ils n'ignoraient point que Cherisis, la veuve charitable, avait recueilli la fille d'Argyros et l'avait guérie. Mais Photios les avait adjurés de ne pas révéler aux moines la retraite de Diyllis. Et Macarios, que ce mystère irritait, les interrogeait vainement.

Grâce à la médecine naïve de son hôtesse, la blessure de Diyllis s'était fermée. Mais la convalescente refusait obstinément de quitter l'intérieur de la cabane où elle demeurait assise et désœuvrée tout le jour. Si Cherisis s'approchait d'elle, elle la regardait avec une gratitude inquiète, comme si, attendant chaque fois de dures paroles, elle s'étonnait de ne pas les entendre. Photios, le plus souvent, était à ses côtés. Il restait silencieux comme elle lorsqu'il voyait une rêverie lointaine emplir ses yeux assombris. Puis, quand il lui semblait que cette âme fragile était lassée de souffrir, il la berçait par ses discours simples et doux. Il lui racontait la vie du Christ et lui enseignait sa doctrine. Et parfois sa voix hésitait et ses mains tremblaient plus fort parce qu'il avait aperçu, brillant au coin de ses paupières, une larme qu'elle s'efforçait de retenir. Mais, un instant après, dans ses yeux froids et fixes, sur le pli de ses lèvres serrées, il sentait remonter l'amertume hautaine. Elle lui dit un jour :

— Les paroles de ton Christ sont étranges et belles, ô Photios! Mais qu'est-ce que de belles paroles qui nous attendrissent et puis nous rendent dupes des méchants? Il me semble que ce n'est point de belles paroles que ton Dieu aurait dû envoyer aux hommes, mais un peu de justice et de bonheur.

— Hélas! Diyllis, ce qui donne aux hommes le bonheur, ce n'est pas les événements de leur vie, mais la nature de leurs âmes. Jésus a voulu transformer nos âmes par ses paroles afin qu'ensuite la vie nous paraisse plus douce. Il est venu nous apprendre à être heureux malgré l'injustice des méchants.

— Et quelle formule magique vous a-t-il donnée?

— Il nous a dit : « Aimez-vous les uns les autres et votre Père qui est aux cieux. Pardonnez à ceux qui vous ont fait du mal. »

Elle réfléchit, un moment, puis haussa les épaules et soupira.

— Aimer!... pardonner!... murmura-t-elle. Et si l'on se sent soi-même une chose méprisable! si l'on ne peut plus être aimé!...

Photios courba le front sans répondre. Elle poursuivit :

— Ne me parle jamais du bonheur! ce n'est pour moi maintenant qu'un mot cruel. Je n'aurai pas même du bonheur à mourir, puisque, tu me l'enseignais autrefois, dans la vie lugubre du tombeau on se souvient encore.

Photios releva la tête :

— Il est une autre vie que celle du tombeau! dit-il avec une grave assurance, une vie où toutes les joies, toutes les infortunes d'ici-bas n'apparaissent plus que comme des rêves puérils et mensongers.

— Ah! Photios, s'écria-t-elle, si tu

croyais que cela fût vrai, pourquoi m'as-tu sauvée de la mort?

Et de nouveau le vieux maître aperçut dans les yeux de la jeune fille un rayon d'espérance. De son geste timide et cordial, il voulut lui prendre la main entre les siennes. Mais elle la retira doucement. Et ils ne se parlèrent plus...

La tristesse de Diyllis semblait s'accroître vers la tombée du jour. A la voir alors, plus immobile et plus pâle, on eût dit qu'elle se raidissait contre de nouvelles douleurs. Et quand soudain, au milieu du silence, résonnait la voix mâle et caressante d'Orion qui saluait sa mère assise au seuil de la cabane, un flot de sang montait à son visage, et elle écrasait sa poitrine de toute la force de ses deux mains. Puis, lorsqu'il était entré, lorsque, fléchissant le genou, il avait pieusement baisé le bord de sa robe, il voyait son visage demeurer impassible comme celui d'une reine orgueilleuse.

Et c'était, pour l'âme simple d'Orion, une torture mortelle.

Le premier soir qu'elle lui était apparue, après qu'elle eut, dans son délire, tendu les bras vers lui, il s'était endormi doucement, en rêvant d'employer un jour toute sa vigueur à défendre cette faible créature qui s'abritait sous son toit. Et, le matin suivant, il était parti, remerciant Dieu qui avait créé la terre si belle et qui faisait jaillir dans son cœur une si abondante source de joie. Mais, à la fin de ce même jour, elle avait fui ses yeux qui voulaient encore lui sourire. Et, depuis lors, il était en proie sans cesse à l'inquiétude et à la souffrance.

Tout ce qui aurait pu le distraire, son labeur journalier, les tendres et graves paroles de Cherisis et jusqu'à la présence timide de Thaïa, leur jeune voisine, qui souvent, le soir, s'arrêtait à leur porte, toutes ces choses maintenant l'importunaient. Il se sentait devenir irritable et méchant. Parfois il se demandait pourquoi le Dieu très bon, à qui il se confiait comme à un père, avait amené cette étrangère dans sa demeure. Il redoutait d'être enveloppé par l'œuvre ténébreuse de Satan. C'était peut-être grâce aux infâmes sortilèges dont on l'avait instruite que cette païenne s'était emparée de son âme, en avait chassé les rêves candides qui l'habitaient autrefois. Autrefois il était joyeux et fort. Il travaillait en chantant de l'aurore au crépuscule. Puis il venait goûter la douceur profonde de se reposer au seuil de sa demeure, tandis que la nuit montait, taciturne et sereine. Un soir, comme Thaïa était en face de lui, il avait pris sa petite main brune, un peu durcie déjà par les humbles tâches du logis, et il avait regardé au fond de ses yeux... Elle, avait abaissé ses paupières frémissantes, tandis qu'un flot de pourpre se répandait sous le hâle léger de ses joues. Il avait cru alors qu'il l'aimait. Et maintenant, lorsqu'elle s'approchait, étonnée et craintive, il détournait la tête avec impatience.

Chaque nuit, avant de s'abandonner au sommeil, Orion et sa mère priaient. Ils venaient tous les deux, en se tenant par la main, s'agenouiller auprès des cendres du foyer. Une lampe d'argile, suspendue contre le mur au-dessus de leurs fronts, exhalait sa petite flamme tremblante et fumeuse. A travers la lucarne, apparaissaient le ciel noir et la clarté pensive des étoiles. Cherisis levait ses yeux pâles et demeurait longtemps silencieuse. Puis, en son dialecte provincial, guttural et triste, elle récitait l'oraison que le Christ apprit aux hommes sur la montagne de Galilée. Lorsqu'elle s'était tue, elle serrait plus fort la main qu'elle gardait dans la sienne, et le fils et la mère échangeaient par leurs regards la tendresse et l'extase de leurs âmes.

Diyllis, assise dans un angle sombre de la cabane, les contemplait avidement.

Il y avait dans un creux de la muraille une figurine grossière, en terre émaillée, et Cherisis, après avoir prié, la baisait plusieurs fois avec vénération. L'artisan qui l'avait moulée, de nombreuses générations auparavant, avait sans doute voulu représenter la déesse Isis tendant le sein à son fils Horus. Mais Cherisis disait que c'était Jésus enfant et sa mère, et Photios, qui connaissait sa foi, ne l'avait jamais détrompée.

Un soir, après avoir longtemps fixé les yeux sur la statuette difforme, elle se tourna vers Orion :

— O mon fils, dit-elle, voici que je deviens très vieille. Je sens que ma vue s'use de jour en jour. Déjà, je ne puis bien distinguer ton visage qu'en m'approchant tout près de toi. Bientôt je ne pourrai te reconnaître qu'au bruit de tes pas. O mon fils, ne me donneras-tu point la joie de voir l'enfant de mon enfant sourire entre mes bras ?

Orion baissa la tête. Cherisis reprit :

— Thaïa est bonne et douce. Elle a filé pour moi, une partie du jour, et, grâce à elle, j'ai pu achever ma tâche. Entre des doigts jeunes et vaillants le fuseau tourne vite...

Orion se taisait toujours. Dans le coin obscur où elle était assise, Diyllis leva ses yeux secs et brillants. Et elle vit que Photios, qui, ce soir-là, était resté dans la cabane plus tard que de coutume, la contemplait avec pitié...

Depuis, sa manière d'être avait un peu changé. Jusqu'alors elle s'était laissé entourer de soins comme une souveraine, elle qui était plus pauvre qu'une esclave. A partir de ce jour, elle fit peu à peu décroître sa fierté, elle s'efforça de surmonter sa tristesse et son dégoût instinctif du travail. Timidement elle offrait à Cherisis de l'aider dans les tâches les plus rudes. Elle la supplia de lui apprendre à filer. Mais celle-ci refusait en souriant :

— Tes mains n'ont pas été faites pour cela, disait-elle.

— Je suis pauvre, répondait la fille d'Argyros. Comment m'acquitterai-je de tes bienfaits?

— C'est nous qui sommes tes débiteurs dit gravement Cherisis. Nous nous acquittons envers toi de la méchanceté des hommes.

Et, comme Diyllis semblait ne pas comprendre, elle ajouta :

— D'ailleurs, celle qui est pauvre est devenue notre sœur. Et, si notre sœur est pensive et délicate, ne travaillerons-nous pas pour elle?

Un jour, la veuve était absente et

Diyllis vit que l'eau manquait au logis. Elle descendit un peu son voile sur son visage, prit l'amphore de grès et s'en alla vers le fleuve. Elle suivit quelque temps le bord de l'eau, cherchant un endroit où la berge serait moins abrupte et glissante. Ses sandales se collaient au limon détrempé et la retenaient à chacun de ses pas. Elle réfléchit alors que toutes les femmes des champs allaient pieds nus, et elle quitta ses sandales pour les porter à la main. Seulement elle n'était point accoutumée à marcher de la sorte, et bientôt sa chair trop tendre s'endolorit. Enfin, ayant trouvé une pente douce, elle rassembla gauchement le bas de sa robe, entra dans l'eau jusqu'aux chevilles et se courba pour remplir l'amphore. Elle n'avait point songé à sa faiblesse : lorsqu'elle voulut se redresser avec son fardeau alourdi, ses muscles frêles se bandèrent en vain... Elle réunit toutes ses forces : l'amphore, à peine soulevée, lui échappa et retomba lourdement. Diyllis, entraînée, fit un pas en avant et trébucha. Le fond manquait sous ses pieds. Elle étendit les bras et jeta un cri...

Mais, au même instant, une étreinte à la fois souple et vigoureuse l'enveloppa, tandis que l'amphore s'engloutissait sans bruit dans l'onde jaunâtre...

— Imprudente! disait une voix claire. Tu viens puiser de l'eau à l'endroit le plus perfide du fleuve! Voilà ton amphore perdue!

Diyllis, assise sur la berge, vit, tout près d'elle, un jeune visage légèrement bruni, entouré d'un voile blanc. Les yeux étaient naïfs et tristes, un peu rouges comme s'ils venaient de pleurer. Les dents étincelaient dans la pulpe humide des lèvres. De petits tatouages bleus accompagnaient les fossettes des joues et du menton.

— Qui es-tu? murmura Diyllis encore tout étourdie par l'effroi et la surprise.

— On m'appelle Thaïa, répondirent les lèvres fraîches en souriant un peu. Ne t'afflige pas à cause de ton amphore : prends la mienne qui est moins lourde; mon frère le potier m'en donnera une nouvelle.

Les deux jeunes filles retournèrent ensemble vers leurs demeures. Elles ne se parlaient point. Lorsqu'elles arrivèrent près de la cabane de Cherisis, Thaïa fit de la tête un petit geste d'adieu et voulut s'éloigner. Mais Diyllis, brusquement arrachée à sa rêverie, retint sa compagne par un coin de son voile :

— Thaïa, dit-elle, sais-tu qui je suis?

— Je le savais, dit Thaïa en baissant ses longs cils. Et je sais aussi, maintenant, combien tu es belle...

Elle hésita. Ses paupières battaient rapidement.

— Et pourtant, ajouta-t-elle avec effort, si tu le veux, nous nous aimerons.

Ses yeux résignés s'ouvrirent, tout mouillés de pleurs. Diyllis la regarda un moment, puis baissa les paupières à son tour et partit, sans avoir pu lui répondre...

En rentrant dans la cabane où Cherisis l'attendait fort inquiète, Diyllis se souvint qu'elle portait sur son front l'amphore de Thaïa. Elle la posa silencieusement auprès du foyer. Puis, soudain, elle vint se blottir aux pieds de Cherisis, et, cachant son visage sur les genoux de la veuve, elle répandit les plus douces larmes que son cœur eût connues.

IV

MACARIOS

Le soleil avait disparu derrière les sables de l'Occident. De longs nuages, légers et immobiles, s'étendaient comme des irisations roses sur la nacre verdissante du ciel. La vaste plaine inondée reflétait les lueurs mourantes d'en haut. Çà et là, les huttes pressées d'un village, un bosquet de palmiers submergés à demi, surgissaient lourds de ténèbres, découpés durement sur les molles clartés d'alentour.

Orion avait amarré au bord du Nil

sa barque large et pesante. Mais, au lieu d'aller, comme de coutume, vers la demeure de sa mère, il s'était assis sur la berge, songeur et triste. Devant lui, le fleuve passait lentement, en masses abondantes, divisées par de minces remous. Parfois une grande forme noire glissait sur la nappe lumineuse : c'était un chaland rempli d'étoffes, de poteries ou d'épices ; la vergue démesurée montait vers les premières étoiles, et la voile envahissait l'espace, de son triangle aigu et sombre. C'était encore un bateau de pêcheurs, tirant silencieusement la corde luisante de ses filets ; ou bien un convoi de voyageurs qui buvaient avec insouciance la fraîche haleine du soir. L'un d'eux chantait d'une voix traînante une phrase joyeuse ou mélancolique ; les autres la répétaient en chœur ; puis ils se taisaient pour écouter au loin, vers le sud, l'écho des falaises retentir...

Orion contemplait ces spectacles familiers, qui, par leur charme pénétrant et doux, endormaient sa souffrance. Il se sentait accablé de désespoir et d'amour. Depuis quelques jours cependant, Diyllis n'était plus envers lui, comme naguère, froide et hautaine. Elle l'accueillait, au contraire, chaque soir, avec une bienveillance affectueuse et lui parlait comme à un frère. Et d'abord, à la voir ainsi transformée, il avait ressenti une merveilleuse allégresse. Mais bientôt il s'était aperçu de son illusion : Diyllis, plus qu'auparavant peut-être, s'efforçait de se dérober à la passion muette du fiancé de Thaïa. Ainsi, après avoir cru toucher au bonheur, Orion endurait de plus âpres supplices.

L'après-midi avait été torride. Aucun passager n'avait hélé le maître du bac. Il était demeuré à demi oisif, assailli par des pensées brûlantes, exaspéré par de sauvages désirs. Maintenant que la nuit, chargée de graves mystères, flottait autour de lui, il se sentait brisé comme après de longues fatigues, honteux de lui-même et désolé jusqu'à la mort.

La dernière barque était passée; rien ne troublait plus le silence. Les étoiles scintillaient dans le ciel pâle, et les nuages dépouillés de leurs suprêmes couleurs, s'allongeaient d'un bout à l'autre du firmament, pareils à des traînées de cendre.

Orion suivait des yeux, vaguement, la chute insensible de la lumière et ne s'apercevait point de la fuite du temps. Un bruit de pas légers lui fit soudain détourner la tête. Il demeura extasié, stupéfait de surprise et de joie. Diyllis était debout à ses côtés. Elle lui disait, d'une voix douce et grave :

— Que fais-tu, Orion? La nuit monte et Cherisis est inquiète. Pour la rassurer, j'ai voulu venir au-devant de toi.

Il la regardait de toute son âme. Elle soutint ce regard sans trouble, en souriant à peine. Alors il laissa retomber sa tête et fit un geste indécis.

— Il n'est jamais assez tard pour rapporter la tristesse dans sa demeure! dit-il.

— Pourquoi es-tu triste, Orion?

Il léva les yeux, essaya de répondre... Mais les mots se pressaient vainement dans sa gorge; les sanglots l'étouffaient. Il ne put prononcer que des paroles sans suite, puis il se couvrit la figure de ses mains vigoureuses et gémit comme un enfant.

Elle s'assit tout près de lui, contempla, un instant, la plaine immense et claire où la face étoilée de la nuit se mirait paisiblement. Puis elle parla : sa voix frêle, mais résolue, s'éleva dans l'harmonie religieuse du soir.

— Écoute, Orion, dit-elle. Je ne veux pas que personne soit triste à cause de moi. Je ne veux pas que ta mère soit inquiète ni que Thaïa soit malheureuse. Orion, il me semble que maintenant je crois au Dieu que tu pries le soir... Je crois en lui... car il faut que ce soit un Dieu, celui qui apprit aux hommes à s'aimer les uns les autres, ainsi que ta mère, Photios et Thaïa savent aimer. Thaïa souffre à cause de moi, et cependant elle me pardonne et elle m'a sauvée de la mort : il faut que ce soit un Dieu, celui qui a mis cette bonté dans son cœur. Il faut que ce soit un Dieu, celui qui fait germer le bonheur parmi les soucis et la pauvreté... Écoute : je suis maintenant plus pauvre et plus faible que les autres filles d'Achôris; pourtant il me semble que je vais être plus heureuse que je ne l'ai jamais été autrefois. Je serai heureuse si Cherisis consent à me garder auprès d'elle et si toi, Orion, tu veux faire ce que je vais te demander.

Il écarta les mains dont il se cachait le visage et la regarda. Elle vit ses traits douloureux, ses yeux rougis de larmes. Elle baissa vivement les paupiéres, joignit les bras sur sa poitrine et continua d'une voix rapide et tremblante :

— Orion, tu voudras m'obéir. Tu seras le mari de Thaïa. Et moi, je resterai auprès de ta mère, aimante et docile comme une fille, pour la consoler du départ de son fils. D'ailleurs, nos demeures ne seront pas éloignées. Nous vivrons heureux, unis par les mêmes espoirs, et parfois nous nous rassemblerons pour prier.

Elle se tut. Orion ne bougeait pas. Le menton appuyé sur ses poings robustes, il semblait considérer, au delà de la plaine argentée où reposait l'onde nourricière, la ligne sombre du désert sans fin, du désert stérile où les anachorètes s'en vont à la recherche de Dieu...

Du bout de ses doigts Diyllis lui effleura craintivement la main.

— Rentrons, dit-elle.

Il tressaillit, comme s'il était éveillé

d'un songe profond, et se retourna brusquement. Son regard était si étrange que Diyllis pâlit et se rejeta un peu en arrière. Elle n'osait fixer les yeux sur lui, clle avait peur et frissonnait. Et pourtant elle se sentait envahie par une volupté douce et puissante qui soulevait sa poitrine et semblait dissoudre l'énergie de son corps. Toute résolution, toute pensée avait fui de son âme. Elle ne se souvenait plus que des rêves d'amour éperdu qu'elle faisait autrefois...

Orion se penchait vers elle. Son souffle tiède frôla le cou de la jeune fille. Elle poussa un grand soupir et, les yeux fermés, blanche comme une morte, s'abattit dans ses bras.

Il la tint pressée contre lui, s'enivrant de l'odeur de sa chevelure, affolé de sentir ce cœur bondir contre le sien. Elle, s'attachait à son torse puissant, et, la figure blottie contre son épaule, l'âme abîmée en celui qu'elle aimait, cruellement heureuse, elle souhaitait de mourir...

Ils avaient trop souffert : longtemps immobiles, ils cherchèrent dans cette première étreinte une joie équivalente à leur souffrance passée. Puis, d'un geste violent et tendre, Orion prit la tête de Diyllis et porta ses lèvres vers les siennes. Elle lui rendit son baiser passionnément — et se donna tout entière...

Désenlacés maintenant, ils restaient assis l'un près de l'autre et baissaient la tête sans parler. Ce fut elle qui rompit le silence :

— Comme il est tard, Orion! dit-elle. Où irons-nous, à présent?

Il la regarda avec surprise :

— Il faut rentrer à la maison, dit-il.

Elle se rapprocha, suppliante :

— Emmène-moi, Orion! murmura-t-elle. Où tu iras je te suivrai. Mais ne me conduis pas, ce soir, dans ta demeure. J'ai honte et j'ai peur : comment oserais-je lever les yeux vers ta mère?

— Viens, reprit-il. Je parlerai à Cherisis.

Ils se retournaient quand ils virent soudain une grande ombre dressée devant eux. La bouche large et hideuse ricanait en travers des joues décharnées. Les yeux étincelaient au fond des orbites, sous les touffes épaisses des sourcils. Derrière ce colosse noir, la lune, énorme et rouge, émergeait là-bas au-dessus des collines.

— Ah! ah! mon doux pêcheur! dit Macarios en s'avançant d'un pas. Est-ce là le poisson que tu retires de tes filets à la tombée du soir?

Diyllis frissonna de tous ses membres et se couvrit le visage : elle avait reconnu le son de cette voix. Bien des fois, lorsqu'elle songeait à ses infortunes, elle s'était souvenue de l'homme qui avait pénétré le premier dans le sanctuaire d'Ammon et s'était planté devant elle, insultant sa nudité. Voici qu'il lui apparaissait encore, au moment où sa chair venait de tressaillir d'amour.

Orion s'était jeté aux pieds de Macarios. Cet homme lui semblait être l'envoyé de Dieu, le messager de ses colères. On faisait sur lui des récits prodigieux; on disait qu'il commandait aux anges... Mais le moine s'approchait de Diyllis; brutalement, il arracha son voile.

— Où te cachais-tu, sirène? cria-t-il. Il ne reste donc plus un seul prêtre de Satan pour s'accoupler avec toi? Ou bien te faut-il des yeux plus naïfs et de la peau plus fraîche?

Épouvantée, Diyllis se précipita vers Orion. Il se leva vivement et s'écarta. Elle vit qu'il la regardait avec terreur et dégoût. Alors elle s'élança du côté du fleuve. Mais, comme elle touchait au bord extrême de la berge, la clarté froide des eaux l'arrêta. Elle se détourna brusquement et se mit à courir droit devant elle comme une bête blessée...

La lune épanchait sur la terre sa lumière indécise. D'instant en instant, des coins ténébreux, des buissons chargés d'ombre, une nappe d'eau luisante passaient auprès de Diyllis, décuplant son effroi : elle courait plus vite. Une forme noire se détacha tout à coup du tronc épais d'un sycomore et bondit en sautillant, avec un craquement d'os broyés. C'était une hyène qui mangeait un chien mort... A bout de souffle, Diyllis alla heurter une chadouf jaillie en travers du chemin. Toute haletante, elle s'appuya contre le bas de la vergue. Ses genoux fléchissaient; ses artères battaient à se rompre : elle ferma à demi les yeux...

Soudain, elle entendit tout près d'elle un froissement léger, tandis qu'elle sentait comme une touffe d'herbe mouillée frôler sa cheville. Elle regarda et vit une chose noire, longue et luisante, qui glissait, lentement. Glacée jusqu'au cœur, Diyllis retira vivement son pied nu. Le cobra effrayé se leva aussitôt. Sa petite tête écailleuse et sifflante, son cou démesurément gonflé, se dressèrent, tandis que, frappés par les rayons froids de la lune, ses yeux scintillaient comme des diamants.

Diyllis voulut fuir. Mais la bête déroula subitement ses anneaux, et, lancée ainsi qu'une flèche puissante, frappa sa victime au-dessus de la hanche. Ses dents pleines de venin mordirent la chair délicate. Transpercée par l'atroce douleur, Diyllis jeta un grand cri et roula sur le sol...

V

LA MORT DE L'ESPÉRANCE

MONTRE-NOUS ta puissance! disait Photios. Toi qui te proclames le ministre de Dieu, guéris maintenant cette innocente que tu as tuée.

— Je ne puis rien pour elle, répondit Macarios. C'est la justice de Dieu qui l'a touchée.

Photios se redressa de toute sa taille, étendit la main. Sa voix, vibrant de désespoir et de colère, eut une ampleur inaccoutumée :

— Maudits soyez-vous, cria-t-il. Maudits soyez-vous tous et à jamais, porteurs de robes sombres! Voici qu'une aube s'était levée doucement sur la terre obscurcie, une aube de paix et d'amour. Elle grandissait peu à peu, cette aurore céleste, elle souriait, et partout la face des malheureux se tournait vers elle. Une nouvelle espérance flottait sur le monde comme un souffle léger, et les esprits endormis des vieux sages s'éveillaient, et des chants d'allégresse tressaillaient au cœur des poètes. Mais vous êtes venus, avec vos robes brunes et vos visages ténébreux, vous êtes venus avec votre vengeance et votre haine, avec votre faim insatiable de puissance. De toutes parts vous êtes venus, ainsi que des légions, et vous avez couru à l'assaut de cette aurore. Et voici, hélas! qu'elle s'éteint et que de grands nuages noirs roulent dans le ciel. Maudits, maudits soyez-vous, vous qui avez enseveli l'espérance!

Macarios haussa les épaules. Puis,

sans lever le front, il ouvrit la porte de la cabane et sortit. Sur le seuil, il s'arrêta un moment, fronça les sourcils, mais bientôt il fit un geste de dédain.

— Esclave! ricana-t-il à demi-voix. Si les hommes se laissaient guider par l'espérance, tu serais roi aujourd'hui. Mais la peur sera toujours plus forte que l'espérance!

Et il s'enfonça à grands pas dans la nuit.

Cependant, Photios s'était rapproché de Diyllis. Depuis qu'Orion et Macarios l'avaient apportée sur sa couche, elle n'avait cessé de gémir, déchirée par des souffrances surhumaines. Cherisis avait essayé de panser la morsure enflammée et bleuâtre. Mais à peine effleurait-on cette plaie, la blessée poussait des cris si douloureux qu'il avait fallu bientôt abandonner tout espoir... Maintenant elle ne criait plus et demeurait immobile; l'orbe de ses yeux était inerte; sa poitrine ne se soulevait plus qu'à de longs intervalles. Des taches violacées marbraient son visage.

Elle sembla s'apercevoir que Photios venait de s'agenouiller auprès d'elle. Avec un grand effort, elle inclina un peu la tête vers lui. Elle voulut parler, mais sa langue était si épaisse qu'elle ne put articuler aucun son. Il devina ce qu'elle lui disait au mouvement de ses lèvres :

— Que deviendrai-je, à présent que je vais mourir?

Il lui montra le ciel :

— Tu iras là-haut! affirma-t-il avec une assurance ardente. Tu seras heureuse et triomphante à jamais! Plus d'inquiétude, Diyllis, plus de regrets, plus de tortures!... Comprends-tu?... La paix, la joie éternelles!

Elle secoua faiblement la tête, sourit avec amertume. De nouveau, les lèvres s'agitèrent; — il comprit encore :

— Je voudrais dormir, toujours!...

Ce furent les derniers mots qu'elle murmura. Après un moment, elle regarda Cherisis et Thaïa qui, au bas de sa couche, priaient de tout l'élan de leurs âmes. Elles sentirent qu'elle les appelait et vinrent, l'une après l'autre, se pencher contre sa poitrine. De ses doigts tuméfiés et lourds, elle caressait lentement leurs cheveux... Puis, comme si elle était accablée de lassitude, ses bras retombèrent le long de son corps...

Orion était debout dans un coin de la cabane, les yeux secs, la gorge angoissée, l'âme broyée par le remords et l'épouvante. A son tour, il vit qu'elle le regardait. Elle le regardait fixement, d'un air surpris, comme si elle cherchait à le reconnaître. Et bientôt de grosses larmes descendirent le long de ses narines : il voulut s'élancer vers elle, la supplier... Mais elle eut un grand mouvement de pudeur et d'effroi et se tourna contre la muraille.

Et Photios fit signe au jeune homme de s'écarter...

C'était alors le milieu de la nuit. Cherisis se leva pour remplir la lampe qui se mourait. Un large rayon de lune tombait obliquement de la lucarne...

Une heure s'écoula encore... Diyllis ne bougeait point, et personne autour d'elle n'osait briser ce silence où l'on sentait la mort approcher. Une noirceur livide couvrait peu à peu ce visage autrefois si beau. Les joues, si fraîches la veille, étaient gonflées et tendues comme celles d'un noyé. Les yeux, si profonds et si doux, semblaient prêts maintenant à quitter leurs orbites. Les lèvres s'ouvraient à demi et la langue pendait, énorme et grise.

Cherisis priait toujours, et l'on eût dit que ses yeux graves s'attachaient à une vision lointaine. Thaïa, la figure tout humide de pleurs, tournait parfois ses regards vers Orion, dont la pâleur l'épouvantait. Et Photios, qui avait l'air plus vieux encore de dix années, laissait sa grande âme s'emplir de sinistres pensées.

Il se rappelait ce vieux sage hindou que, dans sa jeunesse, il avait rencontré, un jour, au fond d'une impasse sordide d'Alexandrie. Cet homme, dont la sagesse était inépuisable, lui avait montré, une à une, toutes les illusions des hommes. Et, plus puissante et plus inévitable que toutes les autres, il lui avait montré l'illusion qui les fait croire aux dieux et à la vie céleste : « Toutes les religions nous trompent, toutes nous attirent par des mirages, toutes s'écrouleront après que leur temps sera révolu. Et pourtant toutes sont nécessaires, car le monde ne peut vivre que par l'illusion, et il faut que le monde vive. »

Et il avait ajouté, Photios s'en souvenait maintenant :

« Celui qu'ils appellent Christ est venu parce qu'il y avait sur la terre trop de malheureux et trop d'esclaves et qu'à cause de cela le monde allait périr. Les hommes croiront à ses paroles jusqu'au jour où ils s'aviseront qu'elles les empêchent de vivre... Car il arrive un moment où ce qui a fait vivre fait mourir. »

Photios regarda Diyllis. Sa poitrine se soulevait à peine. On entendait comme un sifflement léger expirer sur sa bouche. Tout ce qui restait de sa beauté s'était évanoui. Des gouttes de sueur perlaient sur son front noir, autour de ses narines. Ses yeux paraissaient aveugles et insensibles...

Soudain ses paupières battirent une ou deux fois, sa gorge se convulsa un peu, une écume grisâtre bouillonna sur ses lèvres. Puis tout s'apaisa. Photios considéra un instant ce pauvre visage sur lequel l'injustice des hommes et de la nature s'était acharnée et que la mort clémente endormait enfin. De ses doigts tremblants il essuya les lèvres et ferma les yeux...

ÉPILOGUE

On mit autour du front de Diyllis une couronne de fleurs des champs. Dans ses mains, que l'on joignit sur sa poitrine, on mit un bouquet et une croix de forme égyptienne. On enveloppa son corps d'un linceul de lin, on l'étendit dans un coffre de sycomore, puis on le porta dans la vallée de sable, au seuil du désert sans fin. Quand le cercueil fut posé dans la fosse, on plaça par-dessus une petite tablette de grès, grossièrement taillée, où l'on avait gravé la simple formule de ces temps-là :

✠ DIYLLIS, FILLE D'ARGYROS,
S'EST REPOSÉE EN DIEU.
✠

Le lendemain des funérailles, Orion s'enfonça dans le désert, et ni sa mère ni personne ne le revit jamais. Photios mourut le printemps suivant. L'étonnante renommée de Macarios se répandit sur tout le monde chrétien. Il fut appelé à la cour de Byzance pour écraser l'hérésie de Nestorius, et l'on disait que les anges le transportaient, quand il le désirait, à travers la mer et la plaine, jusqu'au porche de son monastère...

Cherisis vieillit et devint aveugle. Thaïa demeurait auprès d'elle et lui servait de guide. Parfois elles se promenaient ensemble dans les sentiers de la plaine, et quand, à l'approche de l'été, les mimosas se paraient de fleurs innombrables, la jeune vierge courbait les branches, afin que sa mère adoptive pût toucher, du bout des doigts, leur poussière odorante et sentir encore un peu la douceur des choses...

Mars-Octobre 1908.

TABLE

ACHEVÉ
D'IMPRIMER LE
VINGT FÉVRIER
MIL NEUF CENT
VINGT-SIX SUR
LES PRESSES
DE JACOUB
ET AULARD,
A PARIS

Ouvrages déjà parus dans la même collection :

LE JARDIN DES CARESSES,
LA FLUTE DE JADE,
ROMANCERO MORESQUE,
SAKOUNTALA,
LES GHAZELS DE HAFIZ,
LA GUIRLANDE D'APHRODITE,
L'HISTOIRE D'ALI BEN-BEKAR,
NALA ET DAMAYANTI,
LES ROBAÏYAT DE OMAR KHAYYAM,
LA ROSE DE BAKAWALI,
CHANTS DU HOGGAR,
CONTES PAHLIS,
LA RONDE DES SAISONS.

www.ingramcontent.com/pod-product-compliance
Ingram Content Group UK Ltd.
Pitfield, Milton Keynes, MK11 3LW, UK
UKHW031901260826
14628UKWH00002B/914

9 782329 352916